LOCUS

LOCUS

LOCUS

LOCUS

# catch

catch your eyes；catch your heart；catch your mind⋯⋯

## catch 55 自己的房間

作者：張瑋栩
責任編輯：葉亭君
美術編輯：何萍萍
法律顧問：全理法律事務所董安丹律師
出版者：大塊文化出版股份有限公司
台北市105南京東路四段25號11樓
www.locuspublishing.com

**讀者服務專線：0800-006689**
TEL：(02) 87123898　FAX：(02) 87123897
郵撥帳號：18955675　戶名：大塊文化出版股份有限公司

總經銷：大和書報圖書股份有限公司
地址：台北縣三重市大智路139號
TEL：(02) 29818089 (代表號)
FAX：(02) 29883028　29813049
製版：源耕印刷事業有限公司
初版一刷：2003年1月

定價：新台幣220 元
Printed in Taiwan

# 自己的房間

那是我最遠的流放，而他們都還不知道。

張瑋栩／著

給
爸爸
媽媽

## 物件

# 00

### 寫作教室

長10m×寬6m×高3m。

白板、電視、延長線、液晶投影、VHS錄放影機。

最多可容納25人。

# 2002年：25歲的瑋栩與40歲的我

政大廣告系副教授 陳文玲

五〇年代，紐約的學院是澆熄慾望的理想場所，也是做夢的
理想場所。

——《化名奧林匹亞》

　　我和瑋栩的價值觀徹底不相容，但是感情一直還不錯。

　　四年前的秋天，我開了一門三學分的「廣告文案寫作」，瑋
栩是我的助教。有一天，我說要談詩，她帶著曾淑美的〈1978
年：13歲的挪威木與16歲的我〉來上課。

　　〈挪威木〉（ *Norwegian Wood* ）是披頭四的歌，吉他敲得好用
力，唱的卻是清清淡淡的、一個關於「曾經這樣後來那樣」的
小故事。曾淑美用了其中兩段歌詞，再把另外十一個句子對插
進去。可以只看單數行，或者只看雙數行，當然，多數的人都
跟我一樣，單雙一起讀下來，讀出一種因為強迫並置而產出的
不和諧的和諧感。

　　我和瑋栩差不多也是這樣。我們曾經師生後來朋友，我們
友善、平行、偶爾接觸，彼此都明白永遠無法真正靠近，但是

好像也沒什麼關係。

　　上次見到她，是在道南橋頭的「貓café」。她從英國放假回來，約我和幾個同學喝咖啡。那天她穿著一件V領洋裝，說V領並不精確，因為從衣服的後領還拉出一條花布繞著脖子走一圈回去。剛坐下來，我的眼神始終離不開她下巴以下肩膀以上的部位，一直在想，這樣會不會難受啊？同學陸續抵達，眼尖的一見到她就驚呼：「啊，臭瑋栩，這不是今年最流行的設計嗎？」然後他們交換了一段關於品牌、式樣和設計師名字的外星話，我聽不懂、跟著笑，一點點不安，但不嚴重。

　　拿到瑋栩的書稿也有類似的感受。儘管對文化研究的認識有限，我還是可以光憑直覺就指認瑋栩是個血統純正的「唯物論」者，而主動提議寫序的我在這個面向上簡直就是個白癡。在此之前，我不認識Helmut Lang，沒用過LAMY，大概沒喝過BOMBAY SAPPHIRE，老實說，就算喝過也不識貨。在瑋栩筆下那麼多關於品味與品牌的故事裡，我唯一有感的就是Tiffany。十二歲那年，我因為迷戀奧黛莉赫本看了好多遍《第凡內早餐》(*Breakfast at Tiffany*)，但直到二十多歲才搞清楚「第凡內」是珠寶店、不是早餐店；三十幾歲在美國唸書，跑去波特蘭市買了兩條免稅的Tiffany項鍊，一條五十美元（翻遍全店大概再也找不出更便宜的商品了吧），動機是那顆銀豆子長得好

像蟑螂蛋，適合作為嬉笑怒罵的愛情信物，跟瑋栩筆下華麗的理由——我需要它幫助我，在還沒有得到Tiffany的人群中散發光芒——相去甚遠。

我們的不和諧從來就很清楚。我在宜蘭礁溪簡陋的溫泉旅社裡讀到瑋栩對巴黎的迷戀，而巴黎恰巧是我旅行筆記裡分數最低的幾個城市之一。瑋栩說：「一個人，要有基本甜美生活先要擁有權力。」我對甜美生活的定義則是「想要就有，不想要就轉身走。」她的甜美生活是物，我的是人。瑋栩說自己總是「處於一種恐懼無知的焦慮狀態，對知識份子抱著一種迷信態度」；而我中《BOBO族》之毒已深，對知識份子非常不以為然，固執地認定「當代的知識份子看起來更像生意人……他們過去視思想為武器，現在則越來越傾向視思想為財產」。再往回推，回到1999年夏天剛結束的時候，我和瑋栩約在學校附近的小店閒聊書寫，我跟她說我對「物」冷感所以沒有處理細節的能力，她跟我說她對「人」有興趣、但是更想逃避，兩個人面對面坐著，就像香蕉與芭樂，一點交集也沒有。奇怪的是，即便我們天南地北，還是保持不遠不近的聯絡，維繫著「強迫並置」的關係。

我一直好奇這個關係的基礎究竟是什麼？所以又讀了一遍書稿。

　　把人名、地名和品牌拿掉以後，我確定我們骨子裡都有點叛逆，一旦辨識出偽裝成格言、教條或禁令的外在約束，就忍不住想從裡面戳破。在〈一種過時又必要的骨氣〉裡，瑋栩說：「你們看不起我吧，我太欣賞物質的能量、慾望的甜美和妄想的作用了。」在〈抽煙不抽煙〉裡，瑋栩問：「抽煙不抽煙可以決定一個女孩是好是壞這回事挑起了我的興趣——爲什麼健康反倒是次要呢？」就像三十年前Bob Dylan大聲唱著「每個人把面具戴起來，爲了逃避、爲了不看，但我不能遮掩我是誰，孩子往哪裡去、我就往那裡去」；相同的戲碼在不同的世代上演，只是戲服從吉他、大麻、性解放演化爲筆記型電腦、女性主義和Redoxon冒泡泡維他命C片。我忍不住想，少了這些銳利的帶刺的挑釁，我們的生活還會繼續甜美嗎？

　　當然，焦慮是爲了保持敏銳而不得不付出的代價。我在瑋栩的書寫裡讀出大量的焦慮，也看見她努力以書寫作爲對抗焦慮的工具。《新生命手冊》( The New Manual for Life )把焦慮分成「本質焦慮」( Ontic Anxiety )和「神經質焦慮」( Neurotic Anxiety )，本質焦慮指的是因爲存有( being )而衍生的不自在，但是它的質地太純粹，難以被辯識，神經質焦慮則有點像載具，經由它，我們得以察覺且逼近自身的本質焦慮，但它畢竟

只是一面鏡子，不是核心。瑋栩從東半球漫遊到西半球的這幾年，我也往自己心裡深處漫遊，慢慢看見了本質焦慮的質地和模樣，也漸漸明白焦慮不是用來對抗的，而是用來修補、改建和美化自己生命本質的。在這個探索自我的過程裡，連接A點與B點、問題與答案的，就是書寫。對我來說如此，對瑋栩來說也是一樣。

　　所以，我必須回到故事的起點，那間我和瑋栩開始交換書寫的教室。那個學期，「廣告創意導論」開在星期二晚上，瑋栩來旁聽，帶著筆記本走進傳院206寫作室。我問誰願意分享上個禮拜的創意週記，瑋栩舉手，站起來念了一段文字，聲音就哽咽了，她說：「我好想念馬來西亞的家人朋友。」我說：「那就繼續寫吧。」然後這個瑋栩離開，回家、旅行、寫作，另外好多個瑋栩走進來，我還是說一樣的話：「那就繼續寫吧。」

　　最近我時常在課堂上談起瑋栩，儘管她在〈一切從夢開始〉裡謙卑地說「那怕有時候我們不能對夢想的完成度過於執著。」我和我的學生都很感謝她把夢想帶進這間教室，因為Wish，學院終於變得越來越有慾望了。

# 她不只是戀物而已

詩人 陳強華

　　今年六月瑋栩從倫敦回國蒐集論文資料時，有一個傍晚我和她，還有兩個我以前的學生、現在的朋友，驅車從大山腳到檳島去參加一個詩人節活動。在車上我們聊起了她在《中國報》星期天副刊版的專欄，「自己的房間」。那時她還不知道自己將以那個專欄的文章在台灣結集出版第一本書，而總是擔心著讀者的問題。我們總愛鬧瑋栩，聲稱自己是她的忠實讀者(而其實這個玩笑也是個事實)，她當然不會那麼容易讓我們唬過去，我只好隨口謅出她文章中的名句精華，作為認真賞讀她文章的證據。

　　認識瑋栩已經十二年了。1990年她入讀日新獨中，在一場全校華文作文比賽中獲得第一名。那時我正在籌組「魔鬼詩社」，希望能夠將一群有寫作潛質的年輕人組織起來，一起讀書寫作、相互激勵。瑋栩正是當時年紀最輕的成員。

　　比起其他同齡的學生，瑋栩始終是我的學生中最早慧的。早慧令她像一株奮發的樹，時刻朝向充滿熱與力的陽光。她對文字的敏感度很強，擅長寫詩、散文、小說。在其文字中常閃

爍出獨特的智慧與哲理。十五歲時她就可以寫出深具才情的文章，而與她同齡的許多學生還不肯靜下心來思考與讀書呢！

　　1994年，我和校內一些主張人文教育的老師們，籌劃了一個實驗性質極爲濃厚的「文學新聞班」，簡稱「文新班」，教學內容著重在中國古典文學與現代文學的入門介紹，同時提供新聞相關的基礎訓練，以期爲在文科方面有優異表現的學生們尋求一個興趣與謀生能力結合的訓練。瑋栩是「文新班」的首屆學生，三年後她以第一名畢業，同時獲得本校爲鼓勵學生而設的「創作獎」。

　　中學畢業後她到台灣政治大學修讀廣告學系。我和她的聯繫便是她在這四年裡的文字創作。她總是把自己的詩和散文寄回來給我，因爲我又籌辦起一份名爲《向日葵》的人文雜誌，讓我免費刊出她的文章。在這幾年中我從她的文字中看見她的成長，發現她思想越趨成熟，文字也越精鍊、富有文采。

　　當她從台灣收拾包袱回國數月後，她開始在某知名中文電台擔任文案，同時也開始了自己在《中國報》將維持大約一年又四個月的專欄。當時報章編輯和我接洽時，只說要找一個有潛力的新人來撰寫一個圖文並茂的專欄。我馬上就想到瑋栩。那時她在《向日葵》助編了好幾個以城市爲主題的專題，從人文角度出發介紹了不少歐、亞城市，豐富了刊物的內容。本來

並沒想到她會選擇以物件作為主題，更沒想到的是，她在文章中以物慾建國，揮舞她因為迷戀物件進而對物件所掌握的知識，陳列了一個傳統裡，一般主張「文以載道」的文人極少涉足的空間，顛覆了「玩物喪志」的詛咒。

　　寫拜物文章，瑋軒並不是第一個，在台灣大家所熟悉的就有許舜英、李欣頻、黃威融等人。我相信大學主修廣告系和與住在台北這座城市裡一定帶給她寫作上不少的影響。當她身處於消費主義當道且經濟高度發展的台北時，出於傳播學院的訓練，她深明媒體與廣告操作之道，卻又同時魅惑於資本主義機制下發展出來的所謂「品味」，於是便可以輕易在她的文章中讀到一個年輕作者糾纏於「批判」與「信仰」之間的矛盾情結。也是在此種內在衝突中，讀者可以發現作者思考的過程與其結果。也往往因為矛盾，有時她必須誠實到任性的地步，使她的文章中常有「生命充滿缺失，我們的心靈需要填補，如果物質可以幫助我們完成，為什麼要為此覺得丟臉？」（〈昂貴的遊戲〉）或是「你們看不起我吧，我太欣賞物質的能量、慾望的甜美和妄想的作用了」（〈過時又必要的骨氣〉）之類，自我說服式的句子。那麼無懼於膚淺的誠實，使她對假道學的嗤之以鼻顯得那麼有力道——在閱讀中我也必須不斷檢視自己是否因太過信仰「節約」，而對己身慾望過於壓抑？

　　也因為這樣子，要記得她文章的佳句，就算不上是太難的事了。然而也許我最喜歡她文章的原因，是從迷戀物質的狂熱可以看出她對生命的熱情。當年那個早慧的她，對待世界的敏感細膩，似乎還沒有被實際的生活體驗磨損。去年到英國唸碩士的她，接觸了更多人、事、物，旅行的經驗也愈加豐富。她的文章總有對世界察顏觀色後的唏噓感慨，她在旅途中看見寂寞的旅人；她在生活中曾為流言所困；她有不為人理解同時不知如何自處的時候，可是她總有辦法讓人相信，無論如何，希望還在。當她寫「天空怎麼會太高呢？我們都該有理由相信你摸到的，就是天空」（〈天空太高了嗎〉）、「如果我可以把比剛到義大利時更沉重的行李帶回倫敦，我便有理由相信自己，其實可以面對那更稱不出重量的，問題」（〈如輕似重〉），我彷彿也被她鼓勵了。

　　每個星期日早上醒來的第一件事，就是讀她在《中國報》的專欄文章。一星期來的生活壓力與疲憊，常常就這樣讀著讀著，慢慢地消除，解放；有時也這樣讀著讀著，就鼻酸欲淚，可是那卻是驕傲、自負且快樂的淚。

　　當然如果繼續往下探討，我還會說我喜歡閱讀她的文章時看到她「思索安頓生命」的態度。書寫物質與城市，她信手拈來，給人留下「好玩」也「很會玩」的印象，可是她就是有辦

法讓人從她留戀某種情調的同時，也不斷拋出問題：「時間在一杯又一杯的Gin Tonic中滑行而去，空間中擠滿了微醺的粒子。一個人可以麻醉到什麼樣的地步，來忘記爲了追求夢想而承擔的壓力？而一個人又可以承擔多少壓力，來追求夢想的可能？」（〈滑動並微醺的時空〉）、「在擁有小紅鞋與防狼術後，我到底距離超越性別迷障、以成爲一個獨立完整的個體還有多遠？」（〈小紅鞋〉）

　　就因爲這樣子，她便不只是文章中自我招供「因爲我虛榮」的女子而已，她還是一個用心生活並思索生命的人。照她這樣走下去，世界的盡頭還會遠嗎？

　　我曾在一篇文章中稱譽她爲「馬華文壇廿一世紀最耀眼的新星」。她的冒升爲沉寂多時的馬華文壇引起不少騷動。她是值得期待的。她有詩句：「姓名學中我那注定發光的筆劃」（〈23歲〉）是個預言，也將會是鐵一般眞實的故事。

2002年12月2日寫於馬來西亞・檳州大山腳

# 自序
# 再過一個小時

　　再過一個小時，天就要亮了。奇怪的是，我竟然毫不疲倦。從半夜十二點多開始，坐在桌前，不照順序、不依篇章地開始讀自己累積一年多寫就的文章。很快這些篇章就要付梓成書，叫《自己的房間》。我想起下午，走在最不尋常的多日陽光下，拿著相機到處尋找刺激神經的線條，希望可以把生活在倫敦的心緒捕捉得更具體一點。就在泰晤士河南岸的泰特現代美術館(Tate Morden Gallery)，一位英國老先生在背向河道、空無一人的會員café露天區坐下。以因為長時間曝露在冷空氣中而乾燥發黑的手，推開通往露天咖啡座的門，陽光照在極簡主義的大片落地玻璃窗上，把第六樓泰特美術館的戶外反射得特別暖和。

　　老先生問起我拍照的目的，我提起自己將出版的第一本書。他原以為我是攝影師；從他對周圍建築的評議，我則誤以為他是資深建築師。他說起自己不再從醫後改學法律一事；我談及未到倫敦前如何在馬來西亞一份中文報章開始「自己的房間」這個專欄。他父親在英殖民時期，曾在檳榔嶼任職；我出

生在後來改名檳城的島上、成長於大山腳。他告訴我他父親給他留下一個從檳城帶回來的照片盒子，影響了他對前英殖民地的觀點；而我對中國的想像則源自外公一生承載的鄉愁——我們對近代史的認識得以與至親連結，可是下一代將再也不會記得這些與人性有關的瑣碎細節。他抬眼看向遠方時，似乎藏著心事；我看著備受忽略而沒有規劃的南岸天空，竟想起在佛羅倫斯烏裴茲美術館看見的，最燦爛的天際線。然後我站起身告訴他，再過一個小時，北半球的太陽就要下山，我必須把握時間到其他地方多拍一些照片。

再過一個小時，我一個人走在靠近Selfridges百貨公司的牛津街上。耶誕節幾乎把所有人都帶到這條繁忙街道上，西斜的太陽則躲在建築後方，只透過街口流洩出一點橘色暖意。沒有力氣把相機從背包裡拿出來，老先生祝我的書順利的話還留在耳邊，我忽然覺得，好寂寞。好寂寞。是因為和老先生短暫的邂逅中，時間流動這個事實再一次被他提醒了嗎？還是因為自己不得不起身道別繼續上路，而對把他留在那孤獨的光線下這回事耿耿於懷？——我的寂寞是因為我解讀出了生命無所不在的隱喻與暗示嗎？

就這樣子，在生活中有無數個「再過一個小時」讓我不斷向自己提問。有時被沒有答案的問題弄得身心俱疲，是以希望

自己可以再單純一點，思緒再簡化一點，對自己人生的期望再符合社會要求一點，如此便不會讓供養我多年的父母操心。一年多前我在馬來西亞《中國報》星期天副刊，開始以房間裡的物件來撰寫自己的生活感悟。透過物件的展示與文字的鋪陳，我的父母似乎比較可以理解我不服從他們價值體系的叛逆與對逃避責任的任性與狡辯。

　　而當然，我的寫作並沒有向任何人交代己身言行舉止的意圖。我只是天真地以為，只要足夠勇敢從自己的房間出發，就一定可以找到世界的盡頭，而世界的盡頭應該就是可以讓我安身立命之處。我總是在深夜趕稿的時候，不斷提醒自己如果再寫不出來，「再過一個小時」，報社編輯就會發出伊媚兒追殺我的場景。

　　在這無數個「再過一個小時」的狀態中，我把從台北留學回國後最近兩年的生活經驗，簡化成一條在不同城市滯留長短不一的路線：

　　台北〉〉檳城〉〉吉隆坡〉〉墨爾本〉〉倫敦〉〉威尼斯—佛羅倫斯—羅馬—巴黎

　　決定從台北撤走時，我寄了快二十箱各重十公斤的物件回家。回到闊別四年的家之後，用了大約兩個多月的時間才把所有物件整理歸位。也是在那個時候，我意識到自己因為戀物而

累積下來的無數物件。由於當時處於完全沒有生產力的「無業遊民」狀態，我總是以刻意遺忘時間的姿態讓物件帶我回去一個又一個不同的時空。也是在那個時候，我興起以物件記錄我思緒流動的念頭。

當我終於在吉隆坡找到一份可以苟且偷生的工作時，我開始在《中國報》的專欄，開始依賴物件來昭告自己對生活小小的檢視。有時自我檢討、有時出言不遜、有時則悲傷春秋，而更多時候則是因為發現自己對太多事情的不了解，便只能留下一個又一個問號。

我曾經對問號極度恐懼，認為那是無知的象徵。在我辭去吉隆坡的工作，回到檳城以後，我開始重新旅行，再到倫敦住下來，繼續間歇性的旅程。浪漫的說法是我在尋找一個世界的盡頭，在這個過程中，我逐漸意識到可怕的也許並非問題，而是對既定價值的盲目跟從。13歲的時候，有一個大我多歲的朋友告訴我，有些問題是一直都存在的，也許追問答案並不會真的找到答案，可是不去追問，也並不代表問題就不存在。對許多沒有答案的問題，我當然也還是沒有答案，再過一個小時，也不會有答案。只是至少我已經可以確定，我標下的問號，是一個誠實的問號。

重讀自己的文章，發現自己需要一個房間來安置我所有身

外物，可是我更需要一個房間，來安置我從物件裡記得的每一個購買或獲贈場景、討價還價的細節、同行友人最隨興而發的評論而對我最別具意義的情份。也許只有一直走下去、一直寫下去，這個房間才會不斷被擴大，我才會不斷有「再過一個小時」的奢侈。

也許我尋找的是一個不會有盡頭的世界。

# 目錄

## 輯一　吉隆坡的房間，看出去是世界的盡頭

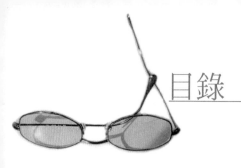

# 目錄

## 輯四　離去，還要離去

輯一

吉隆坡的房間，
看出去是世界的盡頭

物件
01

**書**

自己的房間(*A Room of One's Own*)。

維吉尼亞‧吳爾芙(Virginia Woolf)。

天培文化出版。

# 自己的房間

　　我是在2000年1月，才讀到英國女作家吳爾芙的這一番話的：「女性若是想要寫作，一定要有錢和自己的房間。」

　　這是吳爾芙於72年前，也就是1928年10月的一場演講中指出的。吳爾芙這一番話，與演講匯整而成的書《自己的房間》，在六○年代末的女性主義運動風潮中發揮了極大的影響力，成為女性主義者必讀的經典之一。

　　要到台灣重新出版這本女性主義經典中譯本，我才讀到吳爾芙的這一番話。也是要到這個時候我才意識到，除卻大一與大二住在學校宿舍之外，我擁有一間自己的房間已經長達12年了。

　　姑且不論「自己的房間」究竟是不是自力更生下的收穫，這樣一個空間已經成為我生活中不容或缺的必要條件。

　　在吳爾芙那個時代，許多著名的學院如牛津、劍橋等都保留了只給男性的專屬空間，女性可使用的空間很少。今天兩性議題依然在爭論著，可是對於住慣城市、卻又受不了那飽脹的冷漠空氣的我們來說，想要爭取一個自我空間的已經不僅是女性了。

1996年我到台灣升學，第一次與他人共享同一個睡眠空間。這個年代久遠、擠滿六個互不相識陌生人的學生宿舍，被一物多用地成了我們的臥房、起居室、客廳、廚房、飯廳、書房，及除了浴室和廁所，你可以想像得到的其他名堂。

大二時我住進一間較新宿舍頂樓的四人房，常常可以在窗戶旁抬頭看到天空。可是當我的物品從床底下、書架頂端、衣櫥門縫裡膨脹出來，我便知道我已不再適合和其他人共用一個空間了。即使室友們多麼地諒解我作為一個留學生，並沒有「家」這個後防可以撤退我所有的身外物。

我找到一間地下室的小房間，開始了自己在新房間裡的新生活。

在人口高達六百萬的台北住了四年後，我學會「好好端視自己的房間」這一件事。在這裡我沒有任何親戚，值得信賴的朋友不過十人爾爾，走在這座常常細雨霏霏、刮吹颱風的城市中，我常常覺得寂寞。是的寂寞，即使妳知道在濕漉漉的地下道裡，那個剛和妳擦身而過戴鴨舌帽的男子，和妳看同樣的書、聽同樣的音樂、有著同樣糟糕的情緒，妳並不能叫他，對他說起寂寞這個28歲以後就會不屑一顧的課題。

欠缺安全感使我對身邊所有可以序列、命名、量化、符號化的物質迷戀不已。布希亞(Jean Baudrillard)說，現代人透過對

衣服、食物、家具或娛樂類型的消費創造出「我是誰」的意義。在一座人口過多的城市中，我多麼害怕成為一個面目模糊，可被歸納研究、輕易剖析的某個族群中的一員，便從房間裡開始建立起自己的意義。

　　擁有自己的房間以後，許多朋友都喜歡來我那位於地下室密不透風、不見天日的房間，翻翻我的雜誌，看看我衣架旁多了哪些牌子的購物袋。或用電腦CD-ROM播放一張他們一直想買又還沒買的CD，一些我不知從哪找來的剪報、影印資料和書，或只是看我神經質地蹲在地板上用透明膠帶粘頭髮。

　　有次和一個很要好的同學談起自己的房間。我從靠牆打地上疊起的書堆中找出一本詩集，對他說起我熱愛自己房間的原因。看，我擁有認識這些物質的眼光，不管這物件是書、音樂、電影、畫還是衣服；同時我擁有珍惜它們的能力。不開心的時候回到房間，我一定可以找到一張陪我在不開燈的房裡聽的Los Indios Tabajaras或巴哈無伴奏大提琴組曲；搞不懂愛或生命的道理時，我一定也可以在一本作家林立的文學史讀本中得到或明或隱的啓示。

　　我的朋友是一個極簡主義熱愛者，他的房間像一間高級服飾店，很冷很小和最重要的很空。他沒有對我堆滿東西的房間說什麼，可是我知道他和我同樣贊同——選擇眼光和擁有能力並

存的必要。

　　這就是為什麼我們都不能忍受從AUDI A4房車傳出超級男孩(NSYNC)的歌。我們對品味的認知還太年輕，對大眾化的東西必須挑剔以炫示與別人不同；可是我們又常常自滿得迫不及待要和頻率相近的人分享房間裡的每一個物件，使得自己越來越離不開自己的房間。

物件

## 02

### 滑鼠墊

梵谷畫作《房間》(*The Bedroom*)複製畫。

# 世界的盡頭

　　那時王家衛拿著梵谷的這一幅畫《房間》給張叔平看，告訴他黎耀輝在布宜諾斯艾利斯的房間可能會有一點點這種味道。那時台灣歷史博物館展出法國奧塞美術館收藏的印象派畫作館藏，畫展名叫「黃金印象」，整個美術館都充滿了19世紀歐陸文化的味道。我擠在把文化當商品來看的台灣群眾間，好不容易把60幅畫作粗略地掃描一遍，也走到美術館商店買下了以梵谷這幅畫為主題的滑鼠墊。

　　不想理會梵谷其實和印象派沒有太直接的關係，也不追究奧塞美術館商店是根據梵谷《房間》的哪一個版本在作複製（梵谷在原作毀壞後，另畫了兩幅他「The Yellow House」的房間，一張藏於奧塞美術館，另一張則藏於荷蘭阿姆斯特丹梵谷美術館）。帶著色澤鮮明的滑鼠墊回到自己的房間時，竟然覺得整個房間充滿了春光乍洩的風情。

　　約翰・柏格(John Berger)在《藝術觀賞之道》(Ways of Seeing)一書中提出，藝術原作複製品的出現使得藝術得以以貼近生活的方式成為人們生活的一部分。我的梵谷房間滑鼠墊表現了我對藝術的喜好及個人化的選擇，又因為我認識它的背景

不來自美術史籍，它在我的生活中便產生了另一層意義。

黎耀輝從他那沒有時間分野的房間走出去，結果認識了台灣來的張。張一直在尋找世界的盡頭，好把他錄下所有不開心的聲音都留在那裡。

王家衛當然不是第一個想到世界盡頭的人。以前的人相信地球是平的，海洋的盡頭就是世界的盡頭；某些民族更認為世界的盡頭就是人類無法居住的地方，是世界末日，那裡往往有一個讓人心寒的名字，比如「死灘」。村上春樹更是虛構了一個與冷酷異境交錯的世界盡頭，體現了人類的宿命。更別提一大堆流行歌曲裡堆砌出來世界盡頭、天涯海角的意象了。

坐在自己的房間裡，我也經常想到世界的盡頭這件事。

我總是在想：到底一個人最遠可以去哪裡？到荷蘭梵谷的故鄉夠不夠遠？看到《房間》的原作之後是不是就到了盡頭？

我在房間裡把一些物件攤在地上：我看見驅使我計劃下一次京都之旅的小說地圖；一張朋友從紐約帶給我的Radiohead海報讓我一直對這個樂團的現場演唱會充滿流汗的想像；一件掛在牆上的牛仔外套使我有到奧地利探尋其設計師家鄉的衝動；一個建築師年輕時不經雕琢的攝影作品；一杯咖啡、一片藍色的天空——這些都從我的房間延伸到一個又一個世界的盡頭。而每一個世界的盡頭都讓我回過頭來，在出發之前，更認識自己

的房間。

　　西西在一首詩裡這麼寫：「他老人家長年伏案瞇起眼睛書寫／長年思索安頓生命的問題／無論住在哪裡總是飄泊。」

　　要到我們真正走出去以後，才會了解世界的盡頭不在地理的測量極點上，而在心上。因為我們無論如何飄泊，都是在思索生命安頓的問題。

　　仔細看梵谷的「房間」，可以發現他的房間就真的是一個房間而已。當然另有畫室讓他工作，這個房間就單純休息的地方。也許有一天我的房間也會成為一間單純休息的房間，我會另外有一間書房、工作室、家庭劇院，等等。到那時，世界盡頭對我的意義一定也有所不同。到那時我就會知道已到了一個年紀，也許便沒有勇氣去尋找世界的盡頭，也許世界的盡頭就已經在自己的房間裡。

物件

## 03

### 飾物包裝盒

Tiffany & Co.項鏈包裝盒。

3.5cm×9.5cm×7.5cm。

土耳其藍色。

# 土耳其藍色的盒子

Charles Lewis Tiffany於1837年在紐約創立了Tiffany & Co.，販賣珠寶、水晶等奢華飾物。奧黛莉赫本在經典名片《第凡內早餐》(*Breakfast in Tiffany*)中示範了雅致生活的氣質，從此Tiffany在人們心目成了「classic」的代表。

第一次認識這個名字是在紐約第五大道與57街交叉口上。氣勢磅礴的建築，沉穩有力的玻璃入口，門上雖然沒有任何警告牌示，卻叫人不敢隨便推門而入。那面向57街的大門一直被人用力推開、旋回，身著西裝或光鮮套裝的成熟男女自信地進進出出。我站在對街交通燈下，拎著兩個繪上著名卡通主角的Warner bros. Store購物袋，覺得自己看起來幼稚不已。

原來商業社會是這麼教育我的，透過上層人士的展示，向我炫示美好生活的幻象。虛榮心煽動我當下立定決心追隨資本主義：一定不可以跟金錢過不去，免得有一天走進那店裡卻欠缺一股從容的氣質。

卡爾·拉格斐(Karl Lagerfeld)是這麼說的：「我的父母給我留下一筆為數不少的錢，這些錢讓我自由，因為我毋須為金錢而忙碌奔波，卻可以做我想做的事。」

　　不是卡爾‧拉格斐的我們如果信仰商業社會浮誇的展示，要晉升上流社會的途徑是成為一名擁有豐厚入息的專業人士，醫生、律師、會計師等，或是懂得投資理財的企業家。於是我們努力唸書，以此改變自己的命運。接著學習上層階級的語言、姿勢、禮儀、態度、意見、風格等等。然後希望，讓自己的孩子在未來是自由的。

　　朱天心在小說〈第凡內早餐〉中討論了資本主義下被剝削的大多數。這大多數就是為看不見面目的大集團、大企業工作的我們。每個月辛勞工作換取薪水，應付完生活所需，仔細存起每月結餘，當錢存到一定數目時，我們，通常是女性，就買一顆Tiffany 鑽戒犒賞自己，使自己再有工作的動力。朱天心稱之為「女奴」。

　　風行的日劇也教會我們，談戀愛的女生一定收到Tiffany，才叫做有面子；不管禮大禮小，男生也要懂得贈予Tiffany，才叫大方有品味。

　　有一次看到我拎著朱天心筆下那土耳其藍的盒子，一個男性朋友疑惑說不明白何以女生都極愛Tiffany。我想起在一本女性雜誌上讀到，一個男人趁他女友在排隊買票時跑去買了一個Tiffany的產品，他女友看到那土耳其藍色的小小購物袋時，驚喜地笑顏逐開。

　　土耳其藍，也有人稱之爲「robin's-egg-blue」。爲什麼女生都愛這百年來不曾改變的藍色？

　　男士們不知道，當你們趁排隊這麼一個平淡的空檔跑去買了Tiffany，不正從旁人羨慕的目光裡證實了自己的經濟能力嗎？女生們收到禮物時不就產生了一種昂貴的被珍愛之感嗎？於是男士們成了追求經濟地位的奴隸，女生就成了屈從於珍愛下的另一種奴隸。

　　至於朱天心筆下那些自己掏錢買鑽戒的「女奴」們，也不過是在自主獨立的表面下，爲陳腐乏味的生活中尋找一個暫時耀眼的出口。現在我已經有了一條弟弟饋贈的Tiffany「Open Heart」項鍊，如果有一天我擁有了一隻Tiffany鑽戒，如果那土耳其藍色盒子下的鑽石會如此刺眼，希望它不會刺痛我的心，提醒我身爲「女奴」的事實。

　　因爲我需要它幫助我，在還沒有得到Tiffany的人群中散發光芒。

物件

# 04

### 外套

褶袖牛仔外套。

38號。

Helmut Lang。

# 昂貴的遊戲

對於成為一名拜物教的教友，我有時也是很無奈的。

2001年十月因為大學同學從台灣來訪，我偕同她一起去新加坡玩。那天我獨行在烏節路上，在邵氏ISETAN百貨外看到後方Pacific Plaza上有一家Helmut Lang專賣店，馬上興奮地不得了，一路勇往直前，除了在一樓裝修中的Miu Miu專賣店頓了一下好細讀義大利裝修公司的名字，便直上二樓。

在那以黑色櫥櫃分出區塊、裝滿落地長窗的店裡鑽來鑽去，覺得新加坡棒得不得了，因為連台北也沒有這個奧地利籍設計師的店面，只有附在小雅精品店裡的專櫃。

那一季Helmut Lang先生又在他拿手的牛仔材質上變出把戲。他用各種不同剪裁使之呈現與一般牛仔布料迥異的質感與外觀。在一本美國時尚雜誌上，名模穿著他的褶袖短身牛仔外套顯得帥氣不已。

我幾乎想在那裡住下來成為那些身著白上衣、黑長褲，開口絕非新加坡腔英語的店員之一。一個瘦削、大眼睛的錫克裔店員趨前向我推薦Lang先生的牛仔外套。我根本無法抗拒那外套的媚眼。

可是我還是脫下來沒買。理智告訴我：馬來西亞年平均溫27℃，平時在戶外都迫不及待要穿細肩帶背心，我買一件牛仔外套幹嘛？我又沒有要在避暑勝地雲頂高原工作，何況我已經有一件DIESEL Style Lab牛仔修身外套了。

晚上我回到留宿的房間，和朋友提起這件外套，她馬上追問是不是褶袖的。是的是的。她在雜誌上看到，她也愛極了。我們決定明天再去一次Helmut Lang。

去的結果只是再一次證實，我從看上一個喜歡的物品到進行購買動作不用36小時，這中間跳出來叉腰指責我的理智只是一個用來掩飾我拜物行徑的例行動作。

我先得到對街另一棟大樓透過小窗子向一個印度男子換錢。我傾注身上所有馬幣，還得向信用卡公司商借數百，之後拎著Helmut Lang白底黑字購物袋走在通往各百貨公司的地下道時，心底竟然覺得踏實不已。

因為店員說他們每個尺寸都只進一件。

就因為這個理由，我迷戀名牌設計師的幼稚心態又再重現。

回到吉隆坡，我穿著這件外套，站在朋友的公寓陽臺上看遠處吉隆坡塔閃爍的光芒。這件外套幫助我在朋友眼中建立了如此形象：簡約主義的擁護者、流行品味的小眾眼光。

在Helmut Lang店中我還看到一系列以不織布縫製的晚宴手提袋，高雅別緻又有個性，讓我覺得時尚眞是一個十分昂貴的創意遊戲。

《流行陰謀：名牌時裝帝國遊記》中洋洋灑灑數萬字，批露出服裝界、媒體、模特兒、上流社會互相勾結，重塑、販賣符號的過程。當我穿著這件不太爲人認識的外套，坐在冷氣其實不強的辦公室裡時，心裡迷惑不已。其實我應該因爲洞悉自己的虛榮而更能在物質面前把持自己，但我卻總是有辦法說服自己買下它們，並因爲擁有它們而自得不已。

站在百貨公司裡，花崗岩地板倒映著我的Kenneth Cole黑色平底鞋，一個朋友問：「你爲什麼迷戀品牌？」

「因爲我虛榮。」我的迅捷回答使她一時語塞。

其實除了這個，也許更正當的原因是：生命充滿缺失，我們的心靈需要填補，如果物質可以幫助我們完成，爲什麼要爲此覺得丟臉？

那麼，除了更像是個昂貴的遊戲，消費和靈修，有什麼不同？

物件

## 05

### 飲料

健怡可樂。罐裝。325ml。

1卡路里。

2001年10月4日前飲用。

可口可樂出品。

# 咖啡因與古柯鹼

　　有一次寫信給我的朋友，告訴他我天天喝健怡可樂(Diet Coke)和咖啡，很為自己生活中的古柯鹼著迷。他回信指正我古柯鹼與咖啡因是不同的，並且認真嚴肅地說明古柯鹼是毒品或迷幻藥中才有的成份。

　　我又不是化學白痴，當然知道古柯鹼在許多政府眼中都是禁藥，又怎麼可能輕易讓它在超市中流傳呢？我只是熱愛幻想自己的生活充滿麻醉劑、讓人上癮而已，沒想到就遭到取笑。

　　不過我迷戀咖啡因的心態是無庸置疑的。有段日子我一天至少喝兩罐健怡可樂，簡直就把它當作飯後漱口水來用。也因為這樣我的房間裡一定放著至少一瓶健怡可樂。除之此外還喝大量的咖啡，用來調劑生活的平淡乏味。在台北生活的那段期間甚至形成了夏天酗可樂、冬天酗咖啡的奇怪邏輯。一個朋友每每看到報上有骨骼疏鬆症的醫療常識文章就會剪下來給我，因為她絕對相信像我長這麼高，不喝牛奶卻常喝可樂的女子，老來一定有很多骨頭上的麻煩。

　　我一邊讀著她給我的剪報一邊喝著可樂。依照美國哈佛公共衛生學院所做的調查，原來愛喝可樂的少女，骨折的機率是不喝汽水類飲料的五倍。

　　記得大一暑假去紐約時，很為那裡可樂分類之廣博而著迷。在任何一家快餐店，單是可樂，就有原味、健怡(diet)、去咖啡因(decaffeinated)等各種類可供選擇。我阿姨見我喝碳酸飲料喝得不亦樂乎，也忍不住拿出專家研究來告誡我，比如代糖如何對身體造成影響云云。我只一笑置之，連我自己都不看好自己會長命百歲。

　　咖啡因的化學式是$C_8H_{10}N_4O_2$，又稱theine，是一種中樞神經系統的弱興奮劑；古柯鹼的化學式是$C_{17}H_{21}NO_4$，溶點為98℃，是一種易讓人上癮、具有提神功能、局部麻醉作用的白色生物鹼，也是一種興奮劑。

　　相較於古柯鹼的「癮」，咖啡因安全多了。濫用古柯鹼往往會導致依賴藥物，進而對使用者的身體與生活產生巨大影響。此外藥物依賴者由於缺乏正常的精神狀態與體能去賺取金錢，因此當他們欲換取藥物時，總是有「反社會行為」出現，比如搶劫、偷竊等。這也就是為什麼我朋友迫不及待糾正我對「咖啡因」與「古柯鹼」的混淆。

　　根據醫學解釋，藥物依賴者用藥的衝動，也就是「上癮」，來自於渴望體驗藥物的精神作用，或逃避無藥時的痛苦。

　　事實上所有會上癮、需要運用外力才能戒除的，都自有其魔力。「癮」這種東西是很弔詭的。有人一開始就自願受控，

有人是在潛移默化中才漸漸「上癮」，諸如此類的現象，在生理上可以解釋的，我們就稱之為「癮」；如果不能以科學解釋，屬於一種精神的上癮，我們就叫它做「蠱」。我們的生活在一個對毒品防備心極強的國度，從小就被教育參加繪製宣揚毒品禍害的海報比賽；可是今天藥物以搖頭丸、迷幻藥等各種形式入侵我們的生活，讓我們更加迷惑失措。

還在台北的時候，有一個常去跳舞的朋友因為好奇買了一顆白色小藥丸來吃。根據他的說法，在節奏強勁、霓虹燈閃爍的舞池中，他看到不是完整的畫面，而是宛如電影抽格般、快速切換的浮光掠影。我的反應是：如果吃搖頭丸只是讓他可以享受如電影分鏡般的速度感，那他看電影不就夠了嗎？說不定搖頭丸對他產生效果，原本就是來自於他對電影的想像？

生活中會讓人上癮的物件很多，咖啡、可樂是其一，煙是其一，古柯鹼是其一，愛不也正是其一？也許「上癮」不只以古柯鹼的形式入侵我們的形體，還以一種為社會讚許、認可的管道進駐我們的思想範疇，比如說，嗜好金錢？

不管是「癮」還是「蠱」，咖啡或酒，愛或金錢，「濫用」的結果似乎都沒什麼好下場，難怪人們談起養生之道總不忘提及「適可而止」之類的話。

欲望是需要被克制的。

# 06

### 筆

LAMY鋼珠筆。Modell 377。

白色亮面。Makrolon筆身。

抗滑聚合脂握柄。彈性筆夾。

德國製造。

# 我還找得回我的筆嗎

　　第一支名叫LAMY的筆是一個香港朋友送的生日禮物，屬於LAMY這個德國品牌的Safari系列。因為熟悉的緣故，在新加坡ORDNING&REDA瑞典文具專賣店中看到相同品牌的筆時，便選了這麼一支號稱結合設計與工藝、造型漂亮的鋼珠筆。

　　就叫白色，White。

　　我買的白色是根據1982年設計師Wolfgang Fabian設計的原型改進的。當年的白色正是LAMY筆系中的第三種顏色，也是世界上第一支以白色為筆身的書寫工具。

　　我的錯誤是，我沒有選擇白色簽字筆(fine line pen)而選了鋼珠筆(rollerball)。我太習慣使用0.4簽字筆，一旦換成鋼珠筆便很容易為字體的忽然浮腫而困擾。向同行的朋友抱怨筆不好用，他說筆劃複雜的中文字適合以筆鋒細的簽字筆來書寫；而鋼珠筆則適用於英文字母。

　　文化的距離在筆的使用上顯現。

　　我不信邪，用剛買的白色鋼珠筆寫一張卡片給朋友。我的字體小，又偏好寫繁體字，結果筆劃交叉著筆劃、字跡重疊著字跡讓墨汁渲染開來，卡片看著看著就顯得髒亂不已，只好拿

出新的卡片和另一支慣用的簽字筆重寫。

　　在網路上看到來自美國的LAMY愛用者這麼寫道：「我從來不曾遇到叫我厭惡的LAMY筆。」我吸一口氣，拿出另一張卡，刻意把字體放大、字距加寬，用最感性華美的語氣向朋友訴說我最近的心情故事。就在最後一個字結束的當兒，我的左手指擦到墨跡未乾的前文，一排字就斜斜擦出了絮邊，一張卡片與它承載的心情又產生了新變化。

　　這是一支要叫人小心伺候的筆。墨汁的濕度使它不適合用來寫便條紙，筆尖的粗獷又讓人無法寫私密的信箋。可是，它極適合用來簽署自己的名字，流暢、一氣呵成，濃烈，極有氣度。

　　問題是，我沒有太多機會在人前掏筆簽名。想出這支筆的用途後便爲這麼一支有名姓的筆覺得委屈。事實上經常在人前掏筆簽名的人也不會使用LAMY白色這樣體現休閒風格的筆。想完就自己笑了起來，非常地無聊。

　　只是朋友說的不同的語言文字適用不同書寫工具，倒提醒了我。中國文字是適合以毛筆表現風格的；西方則發展出鵝毛筆來書寫。中國人使用毛筆的年代可以追溯至甲骨文時期，據考證，古人是以毛筆在石上描出字體後才用刀刻出字來的。到現在我們開始變得極少用筆寫字，幾乎所有文件都在電腦前敲

打完成，包括給朋友的信，也要透過電子郵件傳遞，所有的語言文字都要轉換成電腦可解的鍵盤符碼，用什麼筆寫字倒變得不太講究了。

看著手指從白色鋼珠筆沾上的墨汁，不由想到小學寫書法時滿手墨污的情形。那時很羨慕寫得一手漂亮字體的同學(現在也一樣)，他們好像天生就懂得運用手腕力道去控制柔軟毛筆的筆鋒，體現中文文字的造型之美，寫出來的字遠超過我們當時年紀可以做到的彈性、飽滿、立體。

如果我的朋友是對的，那我就錯用了鋼珠筆來書寫中文，雖然我使用電腦的機會遠遠多於用筆書寫正式文件。這麼多年沒有提起毛筆寫書法了，我忽然十分想念小時候聞著墨汁味道練字的時光，忽然想問：屬於我中文字體的毛筆，到底失落到哪一個時空去了？

在這個講究英語流暢的國土，我還找得回我的筆嗎？

物件

## 07

### 月結單

薪資月結單。五月份。

Private and Confidential。

電腦列印。

# 過時又必要的骨氣

　　讓我們承認吧，每個月拿到薪金月結單時的氣餒是最叫人想找個人依靠的理由。這麼一個看起來沒有骨氣的想法不只出現在女性身上，還包括男士們。因為這已經不再因性別不同而有差別了，這是普遍根植於年輕人意識或潛意識中的期待。

　　在跨進捷運車廂前，暢談擇偶要求時，我們毫不在乎地說經濟能力絕對要考慮在內，一直沉默不語的男性朋友於是開腔了：我還以為妳們會不屑用男人的錢呢，我也想當女生，可以讓人養我。我們一致轉過頭去：你也可以找人養你啊，只要你有足夠的能耐和運氣找到這麼一個人。

　　是的，這無關我們的女性前輩們如何在男性父權社會體系中，以她們微弱的聲音、中性化的打扮、才華被埋沒的故事等等，辛苦爭得受教育、工作權、平等婚姻、情慾解放等獨立自主的機會，這是全世界好逸惡勞的年青人的通病──期盼不勞而獲。

　　我看著自己的薪金月結單，不得不承認自己追求物質的慾望遠遠大於我能力可及，在還沒找到願意供養我的那個人之前，為了滿足自我欲求，我便成為日本學者山田昌弘所謂的

「單身寄生蟲」。

　　基於對日本年輕人的觀察，山田昌弘指出，目前單身的日本年輕人即使多半不與父母同住，也擁有職業和收入，但在生活基本需求上仍深深依賴父母，如房租、房車貸款、電器、日常用品等都依靠父母供給，而薪資所得便省下來給自己消費名牌、出國旅行。

　　只是我們這些所謂的「單身寄生蟲」都清楚知道不應該利用父母之愛，也不可能一輩子都依賴父母，目前的寄生生涯乃是一種投機之計──如何趁青春貌美時就能開著漂亮房車四處遊走？除了大方的父母，還真找不到更好的答案。

　　當我在吉隆坡街頭開著一台撞過無數次的日本房車，承受著冷氣壞掉的窘境時，我是非常非常憤怒地無助著。熱，汗水黏著我的瀏海，打開車窗吹風，我覺得自己在開一台落伍的計程車。我無以解決問題的焦躁讓我對車子發很大的脾氣。因為一方面我心裡知道，其實可以開口向父母要求一台更好的車子，其實可以把自己要承擔的開銷轉嫁到父母身上，但另一方面又為自己欠缺生活能力著急。

　　林懷民說過類似這樣的話：現在台灣的年輕人非常脆弱，無法承受挫敗，連一些小事也無法自己面對，嚮往安逸生活卻不願意相信努力才會換來成功。

　　我完全被他言中了。

　　在和朋友吃飯聊天時，最常發表不負責任的言論，諸如找人嫁掉、旅行、一個人住等等，卻極少討論到現實生活中有待面對的許多瑣碎問題。當我們爭相發表對經濟能力的崇拜時，如果有一個眞的早早就找到好歸宿的人加入我們的談話，對婚姻的悲觀想法與天生的嫉妒心卻又讓我們無法完全認同那樣的生活。此時我們就又生出那早已摒棄、曾被認爲過時的骨氣，好制止自己對幸福生活稱羨。

　　問題就在於雖然我們嚮往不勞而獲，可是這也只是對平凡生活的無聊幻想。我們都太清楚知道就算找到了願意供養自己的那個人，不管是那個人是男的女的、老的少的、異性戀或同性戀，爲了留住他／她而去耗費更多心機力氣，可能要比自食其力還要難上百倍。

　　這也就是爲什麼每個月收到薪金月結單時，只能以那過時的骨氣草草鼓勵自己。並且感謝天，讓我有大方的父母成爲一個「單身寄生蟲」。你們看不起我吧，我太欣賞物質的能量、慾望的甜美和妄想的作用了。

物件
08

### 螢幕保護程式

賊(The Thief)。Francis Alÿs。758KB。

16 Bit Screen Time Screen Saver Engine。

免費下載。1998 WhizBang,Ltd。

# 並置的窗口

如果道拉多雷斯大街上的辦公室對於我來說代表了我的生活，那麼在同一條街上我就寢的第二層樓房間就代表了藝術。是的，藝術，與生活在同一條街上，卻是在另處不同的房間裡。

——《惶然錄》，費爾南多·佩索亞

　　要如何在禁錮我們一天中三分之一時間的大樓裡，如費爾南多提及的，將辦公室裡的生活與自己房間裡的藝術連結？

　　每天我的身體被一片置入電子感應晶片的員工證，限制在大樓裡的其中一間房間內。我的行動被有效管理，遲到早退的紀錄可以在必要時用電腦繪製出一張曲線圖。為了抵抗自己被面目模糊地編列成某部門某群組某編號的員工，我在公司資產之一的NEC個人電腦裡不斷偷渡自己的個性。

　　網路，一個高層人士還無法克服的管理障礙，賦予我們最完美的工具。在電腦前登錄帳號和密碼後，我把放大公司企業識別系統標誌(CIS)的桌面圖樣換掉，那個圖樣並沒有多大的問題，我只是厭惡和大部份人用同樣的東西，放棄表明個人品味的機會。我急於進入那個在網路世界中無意闖入的網站，下載

一個我在自己的手提電腦裡已使用著的螢幕保護程式，名為「賊」的螢幕保護程式。

當我看到賊的身影出現在我久未碰觸的電腦螢幕上，在兩個分屬公共與私人的房間——辦公室和家裡，我同時擁有了相同的物件。免費，可複製，可儲存，可驅動，和最重要的，可隨時刪除更換，所謂的e時代。在真實的大樓窗戶被厚實玻璃密封再拉上百葉窗簾後，就藉由一堆線路的龐雜運作，以網路的方式為擁有使用知識的人們打開另外一扇又一扇的窗。窗95，窗98，窗千禧年，窗2000。

我的朋友說，辦公室就是讓她歡樂無限上網的地方。這不無道理。當家用寬頻上網還未成氣候，電話撥接又常面對中途截斷與龜速的難堪，辦公室裡免費的網路便成了員工假裝埋頭苦幹的天堂。再也不用一天上十五次廁所、抽六根煙、喝四杯咖啡、影印一百份文件、聽一首電台難得一聞的好歌，以便找到喘息的空檔。網路世界以或超連結或flash或mp3或hotmail.com或windows media player或搜尋引擎，等虛擬姿態入侵我們的真實生活，激發我們在心中消極又自我地宣判老闆已死，並巧妙地把屬於辦公室的生活與房間的藝術結合。

於是擁有兩個並置的窗口，一個在白天的辦公室，另一個就在棲息的房間裡。這兩個窗口的並置並不在時間點上，也不

在三度空間裡——畢竟不是所有人都像費爾南多一樣工作、住所都在同一條街上——可是如果有一種形而上的並置，這兩個窗戶大概就是了。

窗的意象不像門，可以走出去離開得義無反顧。窗是在牆上鑿一個向外透視的洞，把室外的風景框成我們眼前的畫面，我們的身體還在原地，可是我們的視野已經延伸往外頭更遼闊的空間去了。

我以背脊前傾15度的姿勢坐在恆溫22℃的辦公室裡，在電腦前打開一扇又一扇的窗。有時我讀著螢幕上令人充滿閱讀快感的文字，覺得自己的靈魂就像科幻小說描述的，被吸進黑洞裡一樣。而我的軀殼卻依然固定在可見、可感的三度空間裡。

曾經和朋友討論過思考的能力這回事。那時我忍受著思考的困境，彷如身處永恆的迷宮中，恐懼著找不到出口。朋友告訴我可以自由運用心志思索生命的人是幸運的，因為他們毋須受制於身體的移動，就可以自由切換靈魂的空間。並非每個人都能擁有這樣的能力。

當我的身體受制於工作的監獄，我的心志卻正像螢幕保護程式中只剩剪影的賊人一樣，爬進一個又一個窗口。那是我最遠距離的流放，而他們都還不知道。

物件

# 09

### 簽字筆插畫

〈這是一個晚上〉詩作。

插畫。徐世順繪。

A4影印。

# 幾個朋友

先來玩一個心理測驗。

你在大海中遇上船難，在海上浮沉之際，忽然看到有一艘船出現在你眼前，你認為船上該有多少人？

答案代表你身邊好朋友的人數。

朋友給我做這個測驗時我答了五、六個人。如果這是我所擁有朋友的人數，那就是個聽起來滿慘烈的答案。可是如果代表的是「好朋友」的人數，對我來說，五、六人便是出乎意料的多了。在台北時最常和親近的朋友玩笑地自嘲自己的朋友少，現在人在吉隆坡，朋友也還是不多。你握過手、點頭打招呼、交換過名姓的人，不一定是朋友。所以某個程度上來說，同事對我來說並不是朋友，不過可以成為朋友的同事，倒是比較可能成為好朋友。

每個人對朋友的定義都不一樣，方式也不盡相同。許舜英在〈朋友及類似關係中的困境〉一文中就巧妙地指出：「朋友是一種最籠統、最不具爭議而又最曖昧的官方說法。」如她所言，諸如前妻、仇人、見過兩次面的主編的女友、你單戀著的那個人、餐廳的公關經理、可以聊John Cage的蘑菇一千人等

都是朋友。同時朋友還可以依照「使用情境」來定義分類出關係。

在我看來，人際網絡越複雜的人便越容易對「朋友」進行分類、歸檔的工作。還在校園時，認識的人就那幾種，老師是老師，同班同學是同班同學，同「gang」（即「小圈圈」之意）的好朋友就是好朋友，界線一點也不模糊。可是這種分類關係一來到職場的成人世界中就馬上進入許舜英筆下的籠統狀態，只要說過話、交換過名片就好像都是朋友了。

也許只有我對朋友的定義固執維護小時候的界線。也許因為我覺得交到對的朋友是很重要的。

有一段日子心情陷入低潮，把一首草草寫就的詩〈這是一個晚上〉拿給一個認識八年的好朋友看。他二話不說埋首在詩旁畫出一具孤獨的身影，圍著聯想冷氣團的圍巾。那只是草圖，第二天他遞給我這幅以不同粗細線條畫成的另一個女子身影，作為對我的詩作的一種旁註，和對我的情緒表示支持。為了那份朋友之間的默契與關懷，忍不住就影印了好幾份，其中一張貼在房裡桌前，另一張釘在辦公桌前，對著整個辦公室裡不諳中文的同事毫不掩飾地昭告心緒。

交到對的朋友時，朋友之間的關係還可以輕微過渡到彼此好友的身上。我的台北、香港、加拿大朋友來訪時，「畫插畫

朋友」毫不遲疑陪我一起帶他們遊覽吉隆坡、馬六甲。他沒趕上我還留在台北時探訪台灣，我那群曾或不曾被他招呼過的台灣朋友，就理所當然成為「代表我」的地陪。身處某某café時會提起我對該café的看法、在書店時會建議他買其中一本雜誌或書給我。於是聽他說台灣之旅時，我也發現了自己的多次參與。

那時我就會說：看，交對朋友是很重要的。

因為一個人是有侷限的。交對朋友這件事會讓你的侷限往上往下往左往右往前往後，甚至往你想像不到的方向延展。刺激你、鼓動你、鞭策你、磨蹭你、挑釁你、逗弄你、開解你、壓制你、提醒你、迷惑你，就在和他們交換意見和品味之中——即使往往是充滿偏見的——看到自己的新可能。

剛離開吉隆坡的加拿大友人問我，生活中有沒有哪些回憶一直偷偷竄出來提醒你某些珍視的情感。我恰好正讀到一個朋友的e-mail，說她讀到我寫的「如果曾經在晚上不睡覺，一起蹲在一間pub門口抽煙，那種年輕的淪落也是美好」，便感動的哭出來，非常突兀地，就在她無趣的辦公室裡。

對於自己擁有的幾個朋友，我們之間或深或淺的對話、分享的喜悅、真誠的關心、依循小圈圈邏輯發展的奇怪笑話，除了最後一項，其他聽起來都好像某種宗教的大愛、昇華，那就是我們可以從朋友獲得和給予的，最漂亮的感情。

物件

# 10

### 雜誌

《Purple》。fashion, prose, special, fiction, interior。

purple institue出版。

法國印刷。

# 飛出去，飛，出，去

　　認識不久的同事在我位子上看到我從房間帶來的一些書，她說，妳真的很愛巴黎耶。除了普魯斯特的小說，還有一本《巴黎的憂鬱》(*Spleen de Paris*)，連海明威的散文也是在談巴黎，而且妳還喜歡到Alliance Française去看法國電影。

　　她不知道我甚至連最喜歡的雜誌，《Purple》，紫，也是一本以巴黎為基地的雜誌，由一群年輕評論者、藝術家和藝廊策展人於92年創立。

　　我有一個到倫敦去的計劃。可是一個從倫敦來的朋友對那座城市充滿怨氣，便對我的計劃表示懷疑。他說，也許倫敦會是我的夢土吧。

　　其實他不知道我之所以選擇倫敦，有部份是因為從倫敦坐火車穿過海底隧道直達巴黎，只需三小時。這樣的話我的夢土便該說是巴黎而非倫敦了。

　　其實心底清楚知道，巴黎市中心到處都是長年漏水的簡陋公寓，沒有暖氣、衛浴設備，倒有一個上了年紀的管理員。在《巴黎情人‧紐約沙發》這部電影中，對比男主角威廉赫特在紐約第五大道上乾淨、現代化、景觀良好的高級共管公寓，女主

角茱麗葉畢諾許就是住在一間聽得見樓上樓下鄰居作息聲響的巴黎破公寓裡。而黃碧雲《我們如此很好》一書中的巴黎，也是充滿著鬱悶濡濕的壓抑。

可我還是對這座城市滿懷想像。也許是因為我在亞洲東南一隅接觸到的一些書、雜誌、電影和音樂影響了我。海明威怎麼說的：「如果你有幸在年輕時待在巴黎，那麼以後不論你往哪裡去，巴黎將永遠伴隨你，因為巴黎就是一個流動的饗宴。」

第一次看到《Purple》，是在台北誠品。雜誌區裡一大堆陳列在書架上、堆放地上的各類雜誌。在流行時尚類目中，我發現數量不多的《Purple》擺在半人高的《Tank》雜誌旁。他們大剌剌地在封面上自我標榜為「*fashion, prose, special, fiction, interior*」。我起初很搞不清楚這本雜誌的意圖到底是時裝、文學、建築、攝影還是藝術。「fiction」是一系列以照片組成的故事；丟棄在街道上的傢俱則歸類在「interior」中；時裝照片倒表現得極有建築感——其實拆解形式、顛覆傳統就是他們的創作風格。他們說要讓《Purple》成為創作者表現想法和點子的空間，形成網絡讓不同領域的人交換資訊，以磨擦激發出更新的創意。

這麼一本風格強烈，甚至可以稱作「只此一家」的雜誌帶

來的無窮想像力，讓我更無限嚮往那座充滿生命力的城市。

　　那位同事談起她的中六生時光時，形容自己和那群在出國和升學之間剩下來的中六生是「被遺棄的一群」。她用字之嚴重讓我想到當年，我也曾用盡所有年輕做夢的力氣去嚮往一片國外的天空。唯一要做好的事情便是考好「獨中統一考試」。有一天我重讀當時寫下的短篇小說〈車禍以後〉，才驚覺那段日子我是多麼害怕自己沒有趕上考試——因為我將繼續受困了。大學畢業後回國，找到一份雖不喜歡但平穩的工作，看起來我應該已經對「飛出去」這件事有了新的體悟，也是時候安安份份工作存錢買車供樓，為自己未來三十年安穩生活奮鬥，同時尋找熱愛吉隆坡的理由了。

　　只是我還是強烈感受到體內那種「飛出去」的慾望。當我們擁有慾望時，生命便為我們處處設限。我曾經依循社會法則，期許自己在幾歲以前完成某某事紀，因為生命受制於時間的死線。可是早三年或晚三年買房子到底有什麼差別？急急忙忙拿到一張文憑又為了什麼？比同齡朋友晚十二年生個小孩又會帶來什麼遺憾？當我發現我已經乖離原來的軌跡並且一點也不想回去之後，我決定擺脫因時間的威脅所感受到的恐懼。

　　「夢土」這個字眼稍嫌老土，可是它簡單說明了我為什麼一直要起身離去，飛出去。每一個生命階段的夢土都不盡相同，

每一塊土地的味道也相互迴異。我嚮往的是，有一天，我再回來，滿身會帶著分屬一座又一座不同城市的迷人風采。

　　現在我只確定我將帶著一本《Purple》和對它的認識上路。就像愛麗絲跳入兔子洞一樣，誰知道接下來會遇到什麼。

## 物件

# 11

### 眼鏡

銀色鈦金屬八角形細框眼鏡。

彈性鏡架。Emporio Armani。

義大利製造。

# 53度近視的心

　　我寫過一篇廣告文案就以此為題，53度近視的心。那時以徐志摩情史大作文章的《人間四月天》在台灣燒開，畢業製作的廣告主恰好是製作與播映此劇的公共電視。我們的任務是為當時知名度不高、在公眾認知中形象模糊同時頻道位置記憶度低的公視，建立一個與民眾生活連結的電視台形象。

　　我們一組六人，經由指導老師引介，和公視展開合作關係，立意要把我們在課堂中習得的廣告行銷知識在現實中直接運用，試煉自己的能耐。從公視的節目類型我們選出具代表性的六種，製作了一系列的形象廣告，其中一則平面廣告以眼鏡為主題，試圖將電視台與文學形象連結。文案工作交到我手上就成了「53度近視的心」，53是公視的頻道號碼。

　　世界各國的公共電視皆為非營利電視台，堅持放映高素質節目以制衡市場導向的商業電視台，旨在服務公眾。先進國家中成功的例子有英國的BBC和日本的NHK。為確保電視不受商業利益影響，公共電視是完全沒有廣告的。台灣公視也是鑒於台灣電視生態不健康而成立的電視台。

　　說起台灣的電視生態，便不得不舉起大姆指說「讚」。有線

電視普及率高達九十幾巴仙，五家主要的無線電視台，加上七十幾個有線電視頻道，觀眾大可拿著遙控器一直跳選。在台灣，每個外宿的同學都在電腦上外接一台台幣一千多塊的「電視轉接器」，便可以利用電腦看電視，不用五分鐘把近八十個電視頻道瀏覽完畢，卻仍無法找到想看的節目。話這麼說，可是回來後又會強烈想念在台灣把電視開著當房間背景音樂的日子，這時候就會說台灣的電視節目還真的滿好看的。

　　也不知道是不是電視看多了，近視度數越來越深。等公車時常會誤判公車號碼而錯過一班車或攔錯車，再也得不到沒近視時朋友羨慕的眼光。總把近視歸咎到對著電腦螢幕的時間太長，同時急著炫示自己小時候視力之佳，躲在被窩裡用手電筒照明來讀瓊瑤小說也沒近視。雖然也不是什麼值得炫耀的事，甚至說來還有點土。

　　大一時住進六人房裡，其中四人戴隱形眼鏡，另一位則戴著鏡片與鏡框同厚的眼鏡。晚上我梳洗完畢爬上床準備就寢，室友們開始驚訝我沒有戴眼鏡。於是第一次知道原來不必戴眼鏡也是值得驕傲的事，出去玩時也不用困擾於隱形眼鏡戴太久造成眼睛乾澀。

　　現在重新在電腦鍵入「53度近視的心」時，我離開台北、離開大四的日子也頗遠了。戴著母親付錢讓我挑的這副眼鏡，

開車回家邊想著這個標題時，電台忽然播出卓慧勤旁白的一則公益廣告，說著「關懷每一個別人，如同關懷自己」。是我製作的一則關懷盲胞的公益廣告，「土耳其藍色」。

就想起構思那則廣告期間，我曾在Sunway賣回教食物的露天Mamak檔，遇上一個手持殘障人士證明文件的馬來男子，牽著一名盲眼人士前來募捐。當我點妥「Maggi Goreng」速食炒麵轉過頭去時，他們兩人已經向其他桌子走去，我起身向他們走去表示要樂捐，可聽見身後朋友們的嬉鬧聲，便忍不住一面翻錢包一面轉過頭去和他們玩鬧，枉顧他們二人站著等待。

杜杜寫過一篇文章，〈乞丐的食物〉：「對乞丐當然要有禮貌，施比受更有福。他們接受了我們的施捨，也就是成全了我們的福氣，我們當然要感謝他們。那完全是一種平起平坐的交易。……最大的錯誤是以為自己高高在上，遠遠地把一個角子擲向乞丐，然後不屑地走開了。那還不如不給。他需要你的幫助，但他更需要他的尊嚴。」

我知道金錢的給予是不夠的。看著他們兩人在人潮洶湧的Mamak檔口中緩步走去，會受到的拒絕可能大於施捨。有人會說現在有太多人以乞丐之名行賺錢之實，為了避免受騙便拒絕捐助。這些都不為過，重要的是對他人尊嚴的維護。人如此脆弱，一個一天中經常遭受拒絕的弱勢族群會剩餘多少尊嚴？就

算我們幫助了他們，卻又時常不經意流露出同情，對他們也不夠尊敬。

　　面對他們的時候，我們怎能用「他們都不尊重自己，叫我怎麼尊重他們」這種話來推諉？難道尊重他人這項美好特質，會那麼輕易因他人而被影響嗎？

　　坐在車子裡聽著幾個月前製作的廣告，我想，近視的眼睛並不會影響人格的發展，可是近視的心就嚴重多了。

物件

# 12

### 竹籃

38cm×30cm×12cm。手提式。

壓一挑二編法混斜紋編法。

無商標無材料說明無保養方式指導。

# 自戀是一項激勵課程

在城市規劃師精心分割的城區中,拾一隻會讓自己覺得亮起來的竹籃子,比決心認真工作還要來得重要。

每天早上手機鬧鐘叫了三次之後,還得靠今天穿什麼衣服去上班這件事來讓自己鑽出被窩,就知道膚淺的外在其實力道十足。

早春雨後初晴的台北,拾著這個竹籃子走在南京東路的巷弄裡,迎面走來一位西裝畢挺的外國人,竟燦著笑容向我道早安,於是一整天的心情便在那潮濕的巷子裡亮了起來。也許是因為我的竹籃太過方整,挽起來就像一個「細胞突變」的公事包,充滿「城鄉對比」的喜感;也許是那天的天氣太好,讓他看到一隻來自東南亞的竹籃子時便心生問候之意。

我知道讚美的力量,當然不會那麼容易被蠱惑,只是開始相信漂亮的物件絕對可以成全一個人的一天。

竹籃子是兩、三年前在吉隆坡雙子塔的ASEANA買的。那時日本和台灣都先後流行起竹製袋子、提籃。我把這個造型、手工、材料都不馬虎的籃子帶回台北,原想當作朋友托買的竹製品,奈何她看到時卻嫌它不夠有時代感。當下一點也不介

意，自己要了這個竹籃子，並告訴一桌朋友們我覺得它可以幫助我在人潮洶湧的南京東路上亮起來。他們當然都笑了——怎麼會有人自信到自戀，以致於化成語言文字後仍臉不紅心不跳，妄想在滿街LV、GUCCI的南京東路拾個竹籃子就亮起來？

希臘神話中太過愛戀自己水中倒影的納西斯(Narcissus)，說明了自戀傲慢其實是不聰明的。我小心翼翼不讓自己陷入窠臼，在竹籃子裡放進DKNY黑色長方形皮夾、DKNY黑色帆布筆袋、MH米棕色化粧包、粉紅圓形圖案記事本和電影票折價券，還有一本封面套著90磅描圖紙的《抄襲小說》。

一個人隨身攜帶的袋子或手提包，裡面裝載的物件其實都代表某種符碼與記號。竹籃子裡的物件就在說明「我是個什麼樣的人」或「企圖成為什麼樣的人」。雖然很多時候別人的解讀總是流於片面，比如注重品牌的自戀狂兼購物狂。

對一個自戀狂兼購物狂來說，「物我合一」是我們追求的最高境界。因此即使不受到同儕團體的認同，我還是可以拾著笨重的竹籃子，走在流動城市中一副不亦樂乎的樣子，慢慢地讓朋友們也發現竹籃子平實外表下的亮眼。

「自戀」這件事和「愛漂亮」有非常直接的關係，也解釋了人會瘋狂購物的理由。羅蘭巴特的《流行體系》改變了穿衣服和製造衣服的人，甚至讓流行工業裡出現一批討論「自戀」、

「自閉」與「愛漂亮」的寫衣服的人。

　　「愛漂亮」這件事情常被輕易地視作膚淺，有事業心的男子對於打扮這回事都要敬而遠之，以免被視為「胸無大志」或被當成「同志」（連接詞「或」，表示「同志」與「胸無大志」並非對等關係）。劉黎兒在〈名牌之愛〉一文中探討到，日本女性採購名牌，已經不只是透過消費來獲得他人肯定或自我陶醉，而是回到一個內向、冷靜的慾求。她的論調有點像另一個日本女作家川原亞矢子的說法：「用心打扮也象徵對自己本身的自信與對人生的興趣。」那並不只是盲目追求名牌，而毋寧是透過名牌所象徵的女性形象，如愛馬士(Hermes)之代表自立女人，來期待自己。人家已經走那麼前面了，還有一些假道學的人鄙視「愛漂亮」，並認為女子如此為「輕浮」。

　　一灘死水般的生活最叫人難過。每個人在生活中一定要找到一些可以讓自己眼睛一亮的事物，讓細胞活化重生。有些人對古董著迷，有些看到書就無法抵擋，有些人則是狂熱地將自己的心智全用來與衣服對話，有些人只喝白開水保護味蕾以便正確無誤嚐出食物的味道。我想，只有認真對待自己喜歡的東西，生活才有可能真正亮起來吧。

　　所以如果今天心情黯淡，不如選擇自己喜歡的漂亮物件，讓自己亮起來吧，就算很多時候城中偏倚的光線並不足以完整

重現你執著的亮麗。

　　因為還未嚴重到「自戀性人格異常」(Narcissistic Personality Disorder)的自戀可以是生活中無傷大雅的激勵課程。

輯二

家鄉檳城，在失眠中
想像他鄉的日子

物件

## 13

### 節目手冊

《一切從夢開始》。

日新獨中第一屆文新班畢業公演演出手冊。

36頁。10.5cm×8cm。瓦楞紙封面。

內頁油墨影印。影印日期1995年。

# 一切從夢開始

　　我的老師，也是推薦我寫這個專欄的詩人陳強華問我，爲什麼不在專欄裡寫高三那年爲畢業公演做的節目手冊。他說他把那本手冊放在抽屜裡，時不時就拿出來翻閱，回味當年帶著我們讀詩、寫詩的日子。

　　如果他不提起我都忘了。回家翻了三個箱子才找出這麼一本巴掌大的小冊子，瓦楞紙封面上貼著手工裁下的「一切從夢開始」字樣和殘留鉛筆線的咖啡色美工紙，內頁是裁得參差不齊的影印紙，印著一場結合文學、音樂與歌曲的劇場演出內容。

　　我翻開發黃的內頁，讀到了自己和其他同學當年的創作，從演出概念、背景音樂的選擇，慢慢想起當時演出的結構和方式。那時我們一班十七個同學決定在學校的視聽教育館搞個畢業演出，得到陳強華老師的大力支持，演出主題「一切從夢開始」就是他幫我們想的，還爲我們的壓軸演出「群樹之歌」寫了序曲。

　　讀著「群樹之歌」的詩句：「於是我們站起來／一棵棵／一棵棵／嫩綠的新樹……」，我竟然完全記得當時的情景：我們僞裝成自己選擇的樹木蹲著，隨詩句的齊聲朗誦站起來，我

們的合音伴隨蕭邦的鋼琴演奏在我腦中重新播映。

記憶借助物件重現。我想起當年意氣風發的我們每一個，都帶著夢想離開校園。六年過去了，手冊上有一首由展榮創作的Rap歌曲，其中一句歌詞是「永遠不會忘記愛寫詩的黃麗詩」。我聽說曾經創作和演出《自己的葬禮》、並獲得「花蹤新秀獎」的麗詩將在今年十月和另一個同班同學結婚了。除了在朗誦余光中的〈連環〉時，在舞台上回眸顧盼的可卿、和坐在小椅子裡唸出張愛玲〈愛〉的春蓉，其他的同學我已絕少聯繫。不知道當年寫〈寶貝催眠曲〉的漢杰、和演出這首歌的錦欣怎樣了？那時在胸前別上一朵象徵離別的黃花的愛慈，又正看著什麼書呢？

我一直回想。每一個名字都是我自己和當年文新班同學、老師間的暗號。只有我們記得演出時誰在舞台上摔了一跤、誰又在頭上綁著兩大束棕櫚葉裝成椰子樹，誰在合唱〈California Dreaming〉這首歌時頻頻走調。現在想起來，我真的很為當年那個舞台上的演出感到驕傲，畢竟誰在最年輕的時候沒有初生之犢的表演慾呢？

不要笑我，從孫燕姿的第一張專輯聽到第三張，我逐漸聽出她被定位作一個勇敢追夢和闖蕩的女生，聽到她唱出「生活是自己　選擇的衣裳／幸福　我要的幸福　沒有束縛」和

「就算會徬徨　也還要去闖／才發現關於夢的答案　一直在自己手上　只有自己　能讓自己發光」這種歌詞時，便馬上坐直了身子，企圖看清楚自己對手上夢想和幸福把握到了哪裡。

我是相信她唱的歌的，也覺得當年的自己和同學也像她唱的一樣，年輕，不肯輕易對自己的夢想讓步，有一種讓人既討厭又羨慕的趾高氣昂，因為沒人知道會有誰就先完成了夢想。

我曾經用文字說明自己對夢想的嚮往，可是一一看起，才知道原來自己也是一邊長大一邊修正著夢想的。我不斷從現實中看出自己的限制，然後藉此調整作夢的能力，最重要的是，我慢慢發現作夢的能力需要不斷被提醒，而且可能永遠沒有終點。

回到那個年代，我們都只記得要讓一切從夢開始，可是後來，後來就不知道一些夢是在哪裡遺落了。如果不是還有一些人、一些物件在記憶還未完全蒸發前適時提點，可能就再也不會想起。就因為這樣，我忽然想重新接近當年那些朋友們，如果把這篇專欄文章買下十八份分別剪下寄給他們每一個，包括我自己，那會是怎樣呢？

雖然我不知道要如何去一一聯絡那些已在我生活中漸漸消音的名字，但我卻是那麼希望一切真的可以再從夢開始。

哪怕有時候我們不能對夢想的完成度過於執著。

## 物件

# 14

**宣傳明信片**

ISSEY MIYAKE三宅一生。

2001春夏新裝上市宣傳明信片。

台灣版。

12cm×18cm。

# 再見天使

　　在溫德斯(Wim Wenders)的電影《慾望之翼》(*Wings of Desire*)中，著過膝黑色長大衣的天使們總是在圖書館裡穿梭來去，因為他們聽得見人們沒有說出口的話，所以整個圖書館人們在心中誦讀書上文字的聲音，成了最齊整劃一的電影配樂。

　　天使是上帝的信差，也是人們的守護者。藝術家用浪漫的想像力把天使畫成卷頭髮和圓嘟嘟的可愛模樣，於是人們就把可愛貼心的小孩叫做「安琪兒」。也有些天使是手持豎琴、頭戴光環、身長羽翼的，這是因為人類把他們缺失且嚮往的形象都加諸在天使身上了。如果讀過一些西洋文學，就會知道天使曾隨著社會發展被人們編列成制，由大天使到小天使，有不同名號、位階、表徵，其實反映了當時人們對階級制度的看法。

　　不過溫德斯電影中的天使是根據人的形象重塑的，祂們有人的情感、慾望、思想與自由意志，唯獨欠缺感覺──從祂們眼中看出去的世界是黑白的，冷熱不分，無法品嚐味道，沒有憂傷，也不解快樂。

　　看過這部關於天使選擇墜落人間以體悟愛的電影，我便決定從古典文學作品的天使形象中出走，決定相信天使就在我們

周圍、聆聽我們心底的聲音，同時在我們最痛楚之際安撫我們。

　　我以為天使就是安靜沉穩的形象，直到最近收到學妹輾轉從台灣為我帶來的一張明信片，是代理三宅一生(Issey Miyake)服飾的公司寄給我的宣傳明信片，背面寫著浪漫的文字：「*在春天看見／不可思議的天使漫遊……。*」

　　才驚覺自己如何再見到一個新的天使形象。天使白皙修長的手臂攏著經過特別褶壓處理的藍色薄紗吊袋側身而立，透過薄紗可以看見隱藏在內層的繽紛花色滿載春天氣氛。我無法自己，覺得新天使美得令人心折，是瀧澤直己(Naoki Takizawa)接替三宅一生本人擔任設計師之後最叫人心碎的衣裳。心碎，是因為自己生活中沒有舞台來演練這件戲服。

　　曾經為服裝設計師山本耀司(Yohji Yamamoto)拍過紀錄片《都市時裝速記》(*Notes on Cities and Clothes*)的溫德斯，應該可以理解為何我要跟著時裝換季切換心中的天使形象。

　　因為我在明信片上看到的天使，向我表達了和溫德斯電影中的天使同樣凝重的意義。祂們都是藝術。是設計師或導演、攝影師、音樂家、化粧師、空間設計師人等展現自身才華與能力的成果。溫德斯自從訪問過山本耀司後，便改變了對時裝的態度，他說得好：「時裝和電影其實同樣是包含著很多元素

的萬花筒，當中不乏歷史、音樂、建築與攝影等等的藝術元素。以往只是理解時裝爲定奪階級地位的象徵；現在反而覺得是自我意識和身份定義的基礎，更是日常生活的點滴藝術。」

我按照明信片的線索去追尋天使。進入三宅一生的網站，我看見更多天使形象，和製作天使的名單。設計師瀧澤直己，音樂製作Silent Poets，廣告攝影Daniel Jouanneau，美術指導Mathieu Trautmann，服裝秀邀請卡設計Tadanori Yokoo，新聞袋繪圖Chiho Aoshima和HIROPON FACTORY，還有網站設計團隊的名字。每一個名字都代表著該領域的佼佼者，有些甚至是特別邀請藝術家來參與某一部份創作，如Chiho Aoshima爲服裝秀新新聞袋所畫的眾天使圖。透過時裝的天使，我認識了更多藝術創作的天使。

天使，經過不同年代的詮釋也產生多重意義。當我們再提起「天使」時，我們不再純粹以宗教的觀點來看待，天使可以像瀧澤直己的設計一樣，是想像與現實的美麗激盪。

2001年再見天使，覺得人生用來追求美總是好的，畢竟賞心悅目那麼難得。

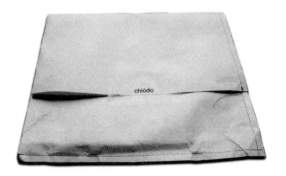

物件

## 15

### 購物袋

chiödo購物袋。白色雲彩棉紙。

綠線縫邊。長方形。黑字品牌名透明貼紙。

摺封前32cm×46cm。

摺封後32cm×28cm。

# 甜美生活

　　那天一個人走在墨爾本Little Collins Street上，在175號發現一家名字奇怪的店。走進去，有在領帶上加縫一塊方型布料的趣味設計，還有心愛的《Purple》和日本《petit glam》雜誌，便隱約感受到它的與眾不同。之後和弟弟再度重訪，才知道是一名義大利設計師在墨爾本創立的店，店名chiödo，讀作「ki-o-do」。便和弟弟一人帶著一條珊瑚藍色的圍巾滿心歡喜離去。

　　商品都裹在大小不一的長方形白色雲彩棉紙摺成的購物袋裡，不像一般購物袋總強調握柄的質感以便購物者舒適好提，我們只能弧起手掌握著這麼一個購物袋走在墨爾本那條時尚感特別濃厚的街頭。

　　我是很喜歡這個購物袋的。在下一個街口轉角剛蓋好的Café Da Capo坐著喝咖啡時，又再仔細把購物袋反覆細讀，彷彿在墨爾本的甜美生活就隱藏在雲彩紋路裡。

　　墨爾本有我意料之外更多的亞裔，第一天在市中心晃蕩，我還以為自己身處氣溫比較低的新加坡。一眾亞洲臉孔中只冒出數個澳洲人略為短窄的輪廓，倒不是想像中的，在盎格魯撒克遜血統的面容間難得碰見黃皮膚。

在墨爾本唸了兩年書的弟弟告訴我那裡世界大同模式的留學生社會。他的朋友來自世界各地，遠自北歐挪威、瑞士，還有在巴基斯坦上過兩次戰場的前軍人同學，台灣、香港、中國、印尼、新加坡、馬來西亞的朋友自不在話下。

翻看在墨爾本拍的照片，因為陽光充足，加上我用的是感度較低的底片，照片顏色飽滿，歐式建築聳入雲宵、新式建築造型奇特令人咋舌，連一杯放在白色瓷盤上的Strong Latte在陽光眷顧下也顯得甜美。忽地我就忘了當時在攝氏7至12度的寒風中，自己是多麼想念馬來西亞的陽光與熱放送的方式，反而覺得墨爾本美好了。難怪那麼多人願意把自己的身家、專業、學問、伴侶換算成字面上可以評量的分數，以拿到那裡的一紙居留證。

聽說很多中國來的年輕女子，想盡辦法留在那裡。或是嫁一個上了年紀的丈夫、或是不斷延長自己修習課程的年限，或是為自己戀愛的標準設下一個荒謬的限制──絕對不和中國來的男子墮入情網。我和弟弟在週日St. Kilda海灘的Café看見中國女子跟著澳洲男子和兩個小孩出入，天性八卦的我們自然沒有放過這場景開始揣想。弟弟嘆道，很多人，就這樣嫁過來，語言不通也嫁過來了，就算之前根本不知道對方是誰也就嫁過來了。我被僵住，追問：難道她們用整個人生來追求一張海外居

留證？為何不留在自己的國度，日子可能不一定比較好，可是外國的月亮也沒有比較圓啊？

因為她們一直想到自己的下一代。

如果下一代的甜美生活可以透過她們個人的人生來成全，那麼雖然是一整個人生，比起來也不是那麼貴重了。

我覺得悲傷。一個人，要有基本甜美生活先要擁有權力。被選擇的人只有坐著讓命運選擇是否寵幸於他／她。原來「可以選擇」和「懂得選擇」並非天賦人權，它們必須經過試煉、和上一代青春的犧牲，才有機會存在。就好像當年，如果我們的祖輩沒有毅然決然從貧瘠的廣東南來，我又如何能坐在澳洲海岸，渾然忘我地覺得一心想嫁外國人的當代中國女子匪夷所思呢？

香港旅法作家邁克對其基本甜美生活的定義如下：

> Cagi全棉短袖內衣，Hom平腳貼身孖煙囪，Birkenstock原庄通咀涼鞋，張愛玲的字，馬蒂斯的畫，陸羽的茶，Lenôtre的糕餅，可口可樂，蝦子麵，Tombow肥身筆，稿紙，按兩次門鈴的郵差，好天氣，好人好姐。

言畢還意猶未盡加括號落下這麼一句：「（不賣粉果沒有關係，雖然鹹的我肯定也要。）」

　　不管怎樣，有能力明細一個甜美生活的人總是幸福的，不管那個甜美生活是在異國終老或是拿物慾建國。我帶著三個大小不一的chiödo購物袋回來了。你呢？你對自己甜美生活的定義又是如何？

### 桌巾紙

台北布貓餐廳桌巾紙。

虎斑貓版畫印刷。

53.5cm×77.5cm。

# Le Chat

很大很大一張桌巾紙，鋪在未上菜的餐桌上，偶爾有幾隻貓咪躺在上面、斜眼睨著對桌客人。餐廳的名字叫「布貓」，躲在擠滿個性餐廳的台北忠孝東路四段其中一條巷弄裡。桌巾紙是好幾年前在布貓餐廳吃飯時，向服務生「A」回來的。「A」這個字是跟台灣朋友學的，意即「要」，有厚著臉皮向人要的意味。

將一張海報大小的桌巾紙帶回房裡後，我開始在它背面寫信給我弟弟，沒寫完，最後它被摺了12摺夾在某本書裡。幾個月前我無意發現便將它貼在檳城家中牆上，背頁那只寫滿三分之一面的信，想來我弟弟是無緣一讀了，因為就連現在我想一探到底當時自己寫了些什麼，也得奮力站在椅子上，從紙的正面臆測意圖穿透紙頁的反轉方塊字。

在那信裡我好像提到也斯的《記憶的城市‧虛構的城市》，和當時我苦背的英文單字。也斯那本談旅行與城市角色的書是我那時最喜歡的其中一本書；那些帶著負面意涵的單字，則或多或少說明了當時我在台北那座陰鬱之城的苦澀生活。

也斯在書的開首第一章節是這麼寫的：「三藩市、紐約和巴黎，認識的人都去過了。為什麼還想追記下來？這大概因

爲，那些地方遇見的人事隱約對我有某種意義……」一讀到馬上深表贊同，因爲它間說明了和我一樣對「出發」這回事著迷的人們，何以一直在蒐集屬於自身的世界地圖集——因爲意義無法經由他人的敘述構成，他人的敘述也無以形成自身的記憶。

在英國升學展中與一位即將赴英留學的女孩攀談，她和我一位前同事一樣，對我曾留學台灣感到不可思議，所以她們眉宇間的一陣遲疑迅速延長到上揚提問的嘴角。我已逐漸對這種不解習以爲常，並且學著毫不介懷地表明我對台北的無盡思念。那女孩更錯愕了。也許她的生活中從來沒有出現過與台灣這個島嶼相關的資訊吧，不過這世界何其大，我也無法想像人們在馬其頓的生活方式。

中學的校長問我會不會爲了到台灣升學而感到後悔。後悔，是在虛構運算題中產生的「比較值」，把在台灣生活的實際經驗和選擇歐美大學的虛構旅程比較，可能會因爲文憑的官方承認性而比較出後悔的程度。可是台北，台北是一座當你身在其間便滿聲咒罵、離開卻又伸展出無限懷想的城市。她既是一座抑鬱之城，又是一座處處充滿生機的城市，同時也是一座遠遠被低估的城市。

從台北搭乘華航飛往紐約那一刻，我看向窗外的台北夜景。台北的夜景自是比不上香港東方之珠的璀璨，可是那一刻

我已深深覺得自己日後定會想念台北，因為我知道在那一片燈海下有我認識的人和景致，他們於我，正如也斯筆下的「隱約有某種意義」。

當然想像和記憶總是特別容易在離開之後混淆。住在那裡的時候很少心平氣和地贊許那座城市，離開後卻連夏天黏在膝蓋內側的濡濕都記得特別清楚。

不知道還有哪一座城市像台北那樣那麼耽溺文字美學，連村上春樹小說裡的羊男也可以被鍵入MTV畫面中，構成另一個故事的濫觴。

我覺得台北像貓，彷彿什麼人的眼光都不在意，躺著時是一副慵懶模樣，走起路來卻步步為營、力意讓自身姿態撩人，很刻意地在營造一種不經意。用人看得懂的文字來寫就是：「我是一隻看書培養氣質的名種貓，你還看不出來嗎？」這些和香港的世故高傲、東京的創意「卡哇依」都很不一樣。

在墨爾本寫給台灣朋友的明信片上最末一句是：「為什麼我那麼想念台北？」只是想念歸想念，我暫時還不想舊地重遊。台北是適合住下來和她一起成長做朋友的，匆匆數天的遊覽不太可能理解一隻擺明唾棄做作、偏又最該學習不做作的貓咪有什麼好看。

其實好看就在那衝突的矛盾，貓和台北都一樣。

物件

# 17

**機票**

檳城－新加坡－倫敦經濟艙來回機票。

班機號碼MH659及BA18。十二個月年票。

有效期由2001年9月9日至2002年9月9日。

# 虛榮的旅程

　　和中學老同學敘舊喝咖啡談起我即將到來的旅程時，一個朋友問另一個朋友：「她又要出國了，妳羨慕嗎？」朋友毫不遲疑就說羨慕。其實都這麼大了，她倆其中一個正在分期付款買一間共管公寓，另一個則將在明年一月嫁作人婦，說羨慕自是隨口謅的答案。

　　只是回到家，心裡好像起了個疙瘩。大家坐著聊天談彼此近況，不著痕跡套問對方這幾年來的豐功偉業，都是好事呢，就不得不點頭稱許一番，真是本事，才那麼年輕啊，空氣中飄著原屬咖啡的酸味，可是沒有辦法，我們離中學每週六天都在一起生活的日子太遠了，遠到已經找不到比這更好的話題了。

　　於是暗自決定從此盡量在類似聚會消聲匿跡，免得人家問起「你好嗎」時還得把公式答案「好」字從第二聲拉上第四聲再重重下挫至輕聲，也終於可以了解另一位早早隱退的朋友何以做此選擇。

　　如果我再年輕個五歲，也許比較不會對那場聚會介懷，甚至還可能因為朋友的羨慕之詞而開心到半死──真好，我有你們沒有的！說穿了不外乎虛榮，趾高氣昂地特別沒見識，雖然虛

榮的小小好處，是足以支持一個人對目標勇往直前，不讓恐懼
找到機會入侵，使人有片刻猶豫。

　　我因為這一年來總處於遷移狀態中，對這場即將來臨的旅
程充滿整理行裝的疲憊感，對未知的恐懼還在其次。唯一一次
對確定到倫敦一事感到興奮是在工作中頻頻發現自身限制，便
對新生活滿懷憧憬。只不過這憧憬是有節制的，已經有太多人
恐嚇我倫敦的鬼天氣和髒亂街道了。從期待中醒來，先要解決
住的問題，周詳計劃要如何在十三個小時又四十分鐘的長途飛
行後，提著30公斤的行李從機場獨身搭乘地鐵到學校去，我才
有心思為可以親臨大英博物館而興奮。

　　源於同儕虛假羨慕而產生的虛榮，根本禁不起面對全新生
活的現實考驗。雖說現在的留學生生涯已經有貴族化與普及化
的趨勢，晚上在房裡獨對自身時仍得反覆思量──為何要再度啟
程出發、離開家人朋友和熟悉的環境拎個大同電鍋到那麼遠的
地方去獨立生活？

　　達爾文在經歷了五年的小獵犬號環球航行後，鼓勵青年博
物學者以周遊列國來增進知識：「新奇事物的刺激和成功的希
望，可以激發一個人的活力。」這話乍看並不新奇。在《小獵
犬號環球航行記》書末，他列舉了旅行可以習得的好處：如培
養善良的耐心、脫離自私、自我照料。其中，雖然不輕信他人

卻同時發現也有「眾多真正心地善良的人們，提供最無私的援助，雖然過去彼此不相識，今後也不再有機會相遇」，是我認為踏上一塊新土地的最迷人之處。這裡面全無虛榮成份，因為一旦虛榮幻滅，不是承受價值觀的背叛，便是得打腫臉皮強撐，我一點也不想活得那麼辛苦。

我知道在異地生活的寂寞可能會大於在馬來西亞連續三個月看不到好演出的苦悶，可是我還是和很多人一樣選擇暫時離開，因為我希望再回來時，自己可以對這個世界更加理解包容，更接近成為一個成熟寬容並了解生命的人。

平心靜氣、反覆思量虛榮與我的旅程的關係之後，我好像比較可以釐清自己對一場善意舊同學聚會的多心。原來我渴望的是你們每一個的祝福，雖然你們也許對另一個文化場域、地理界線並無興趣，但請相信我，我在學著把旅行的虛榮褪去，不讓蓋滿各國入境圖章的護照蒙蔽自己無知的心靈。

請祝福我。當我帶著祖輩當年離開廣東省的冒險精神離去，我需要這些在孤獨的異鄉支持自己，堅強。

# 18

### 鞋子

Camper。Casa Casi型號。

編號28511-001。方頭。平底。

芭蕾舞鞋鞋款。39號。橘紅色。

# 小紅鞋

嚴格說起來它算不上紅色，我的大腳板也塞不進任何小號鞋子，叫它「小紅鞋」只是圖那充滿童話色彩的意像，同時又女性化得不得了。貪慕虛榮的女孩子千方百計找來一雙紅鞋子，得意地向同儕展示，不斷轉著圈子跳舞，可是到後來卻無法停下，便只好一路跳了開去，在眾人眼中以疲憊的舞蹈姿態消失。亦舒的小說〈紅鞋兒〉就直接從童話出發，直指紅鞋兒是名與利的隱喻，控制不宜便即走火入魔，直陳一則當代警世寓言。

我在墨爾本的第一天無法自制買下這雙鞋子。雖說西班牙品牌Camper以鞋子舒服、設計充滿想像力著稱，穿上它走在La Trobe大學校校區裡時，右腳掌兩側還是被磨出血來了，那些明星在電視上大力宣傳的所謂「舒服好穿」，是在你的腳適應鞋的形狀後，也就是擦傷多次、連膠布的膠也黏在腳上不褪後才產生的一種狀態。

即便如此我還是無法抗拒這雙鞋子的魔力。看看那顏色，坐在腳步聲與談話聲雜沓的學生中心走廊，經過的人都看見了我的橘紅鞋子。在墨爾本陽光下，鞋子的顏色成為早春中的一

個宣告姿態：是時候該把冬天的灰重換下來了。就此領會「出色」的意義。於是每次還是開開心心把鞋子拿出來換上，這樣才有機會理解這麼一雙鞋是要行百里路後，才可以舒服地成為它的朋友的。

我知道一定有人會說我是被「物化」地很嚴重了，甚至不惜自殘只為包裝自我。一直以來，不管是紅鞋子或紅色的衣物、飾品，大都是專屬女性的，虛榮也多半用來指責女性，所以紅鞋兒會和虛榮扯上關係便不難理解了。這麼一個課題其實非常適合女性主義者用來大做文章。

早期激進的女性主義運動，透過摒棄女性化的打扮、拒絕受限於傳統女性角色，來爭取自我的完整。因為她們認為女性一旦符合了父權社會中「女性化」的刻板印象，便不得不被「物化」、成為獵物，放棄獨立自主的機會，使自己成為不完整的人。

可是西蒙波娃也提醒了我們：「拒絕女性的特質，即放棄她一部份的人生。」繼承西蒙波娃在《第二性》裡對女性氣質思考的傳統，台灣意識型態廣告公司在1996年為中興百貨製作的平面廣告中寫道：

就因為有大野狼，小紅帽必須要有更‧妖‧嬌的小紅帽

　　欲望森林

　　盛裝的女人

　　令狼群喪失威脅性

　　(當她擦香水　當她掀開衣櫃　當她主動放電　她才不需
要討好誰　而男人自投羅網)

　　對魅力的自覺　讓她感到愉快

　　兩性不再注定　弱肉強食

　　它根本是女·人·的·地·盤

　　她微笑說:

　　「對我而言　花五個鐘頭　穿著打扮　或是愛一個人
都不過份」。


　　短短的廣告文案,是對童話《小紅帽》的新詮釋,重組
「妖嬌」的意義,也是就女性主義的基礎加以思辨後,為當代女
性提出的「女性角色方案」。一個女子如果一身沉著安全的黑色
衣裝,試圖在世俗的花俏品味中隱身,卻搭上一雙亮麗紅鞋,
渴望女性化的叛逆馬上現形——事實是,再默守成規的良家婦女
也期待妖嬌的片刻——所以妖嬌有什麼不對?

　　可是請不要拿女性的妖嬌扮裝來合理化暴力的動機。那些
對女性受害者的膚淺指責,是最男性沙文主義的無知與無情,

扭曲受害人爲自身的加害人，卻不顧施暴者的心理變態和暴力行爲。認爲女性妖嬌裝扮等同要求被侵犯的男性，不可能有任何迷人之處，因爲他首先在觀念上倒人胃口，讓人噁心。

妖嬌無罪，這是女性探索自我及完成的其中一種歷程，並不一定得取悅他人。你／妳還認爲女爲悅己者容嗎？對不起，你／妳出局了。因爲將來需要的是更多成熟勇敢的女性，熱愛自己的身體和心靈，而不是爲了滿足他人的感官需求才妝扮自己。

當我穿上那雙小紅鞋，力圖展現妖嬌可愛，同時也必須提醒自己好好學習防狼術。另外還得思考，在擁有小紅鞋與防狼術後，我到底距離超越性別迷障、以成爲一個獨立完整的個體還有多遠？

輯三

倫敦宿舍的2B號房，
靠近人行步道，
聽得到酒醉人聲

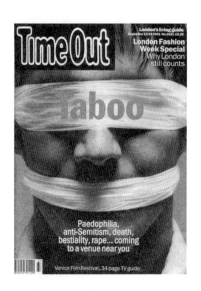

## 19

**雜誌**

《TimeOut》。週刊。

2001年9月12日至19日。

第1621期。主題「Taboo」。£2.20。

# 原來時間也不過如此

　　從Leicester Square地鐵站出來，我約的人還沒來，便走到印度人經營的雜貨店認眞瀏覽了一遍商品。五分鐘後朋友還是沒有出現，便走到地鐵站另一邊的書報攤翻起雜誌來。

　　地鐵站的書報攤應該可以揭露當地主流雜誌的概況。在馬來西亞被設計學院學生視爲寶典的《Wallpaper》，擠在一堆高檔、僞高檔、設計師導向的、大眾口味的、青少年的時尚雜誌中，當然也有一些前所未聞卻編輯風格強烈、內容繽紛、印刷精美的雜誌。我站在那裡假裝非常自如地在尋找自己的心頭所好，從熟悉的這一本翻到全然陌生的那一本，背後人聲隨著地鐵到站，間歇地雜沓著，書報攤前老闆毫不含糊收了數回錢，忽然我便強烈有身在倫敦的感覺了。

　　尤其是在看到用書腰封起來的《TimeOut》之後。

　　在諸家雜誌中，只有《TimeOut》是被封起來，只看得見當期主題和精采內容提示。老實說我眞的非常佩服《TimeOut》無孔不入的宣傳策略，從我確定會到倫敦之後，我先在英國教育展拿到一本十六開的簡約版《TimeOut倫敦生活導覽》，接著不斷在行前準備資料中看到它的廣告。在倫敦不到兩個禮拜，我

房裡已經多了好幾本免費的《TimeOut學生導覽》、地圖、和與其他們合作的商家折扣券等。之前我對「TimeOut」這個名字已經略有所聞，甚至聽聞有人到倫敦旅行，也是抵達後先買一本《TimeOut》再決定行程的。於是我百無聊賴在地鐵站等人，便也花了2.2英鎊買了一本，繼續等。

我對「時間」這個字眼很著迷，自己基本上卻並不守時，也不相信時間的價值可以用金錢換算。如果「時間就是金錢」，那麼在很多人眼中我是揮金如土了。我迷戀時間作爲一個形而上的意象，動輒就對以時間命名的東西產生好感，所以我最喜歡的café極有可能是東京的TIME Café。這也輕易說明了何以我對《TimeOut》這個名字銘記於心。

仔細閱讀著詳列在《TimeOut》裡的各類活動，古巴音樂人Ibrahim Ferrer的個人演唱會，從安格爾到馬蒂斯的法國畫家畫展，東京一百年攝影展，俄國導演塔可夫斯基作品《犧牲》(*The Sacrifice*) 的放映，時間流動的速度忽然就像我習慣搭乘的地鐵，Metropolitan線，從第二區竄入第一區時的高速，計畫待在倫敦的一年此時便顯得太短了一點，我睽違已久的「資訊焦慮症」似乎重臨，唯恐來不及參加所有值得參加的盛宴。

倫敦是一個毋須辛苦尋找理由住下來的城市。從Leicester Square地鐵站出來可以去唐人街可以去Soho可以去柯芬園，我漫

無目的地晃著就晃到了攝影家藝廊 (The Photographers Gallery)，看到Ed van der Elsken的攝影展，照片傍以文字，是一墨西哥男子的旁白，敘述他如何在巴黎愛上一個三年不見天日的女子。從黑白照片中那頹靡的嬉皮生活走出來，我又走進Wardour Street的Odeon電影院看了一部瑞典電影《一個屋簷下》(*Together*)，看一群人如何在同一屋簷下抵抗資本主義、堅持素食、發掘自身情慾與性傾向。然後回到校園上課，聽教授說明做研究的幾種方法。

　　也是在身處倫敦的此時，我開始重讀加西亞‧馬奎斯的《百年孤寂》。不按篇章順序地讀，讓枝葉繁雜的邦迪亞家族六代族裔交錯出現。自覺目前這種生活除了內容不像小說中違悖倫常外，形式上是很接近魔幻寫實風格的——總是不經意因街口的展覽或表演而與現實斷裂，進入各類藝術創作者設置的時空。被引領去思考一個多個、切身或不切身的問題時，又要不斷提醒自己生活的真實性。當我一手拿著螢光筆在《TimeOut》上圈選我感興趣的活動，一手則開始調整心情捧著明年課表思索一年後該去何從的問題。

　　朋友寄來e-mail提醒我歲數增長的事實，幾乎所有的朋友都表達了不願長大的心願。時間依然如斯前進，毫不含糊。就算夠幸運得以完成在世界各地搜集經驗的願望，一念及那時自己

也都老了，便心生無限悵然。

　　只是慨嘆是沒有用的。有時候時間之所以顯得動人，是因為我們掌握了在它與永恆之間的縫隙，輕巧旋身的小伎倆。《百年孤寂》橫跨六代人命運的故事，說明了人與時間、命運競爭的難處，可也是小說家的想像與創作力讓那殞落的虛構家族留下了不朽的姓氏。如果我們懂得把每一天都用魔幻寫實的風格來經營，便會發現其實原來時間也不過如此。

　　我們都會長大，都會變老。時間不過如此。

物件

20

**CD**

《The Sky is Too High》。

Graham Coxon。

1998EMI RECORDS LTD.。

# 天空太高了嗎

9月11日,正式開學前十三天,我在西敏大學(University of Westminster)的學生餐廳裡拿出記事本這麼寫道:

非常孤獨地坐著喝一杯咖啡和三明治。Smoked Ham的味道開始倒我的胃口,也許是因為太久沒有好好進食,也許是因為睡眠極度不足。真的不能明白自己,即將重新開始唸書的感覺,竟然是累。

在三明治中吃到芥茉的嗆味,想了很久,才覺得像壽司的Wasabi,窗外柳條狀的樹葉搖曳,我還沒看見一個中國人。

9月26日,在一下午的疲憊瑣事後重讀9月11日記事後,我加上:

其實重新開始唸書是有好處的。比如我可以重新檢視自己想當短期名店店員的虛榮心態,因為已經有研究指出名店店員是如何將一份服務性行業自我定位為「風格」。女性主義。文化研究。如果一面唸書一面重新發現自己,也許一切就不那麼糟了。

坐在牛津街某間商場的星巴克裡,喝著一杯小杯熱摩卡,我是多麼期待今晚的Graham Coxon演出。

　　等他出場已經是暖場時間的一個小時之後，在一家叫Mac
Bar的小酒館，表演的第一首歌是他個人專輯的第一首曲目
〈That's All I Wanna Do〉。Mac Bar裡擠滿了慕名而來的樂迷，個
個衣著風格不一、使用語言也不盡相同，可是大家都愛Graham
Coxon的音樂。

　　我帶著《The Sky is Too High》CD，和其他人一樣，踩著皮
質沙發、倚在牆上長條狀、薄薄的置物架上。前方的矮桌子也
已站滿了人，透過一層層人體障礙物間的縫隙，我看見金頭
髮、戴眼鏡的頭顱面向觀眾在晃動著，便藉此想像他是拿著吉
他在麥克風前調整位置。當他的手指撥弄第一根弦，唱出我熟
悉的那首歌，我親耳聽到了Graham Coxon。

　　如果不是在傳播理論課堂上聽教授粗略介紹過阿多諾
(Theodor Adorno)的文化工業理論，提醒了自己在文化工業體系
中，音樂從最原先的表演、雙向溝通、現場的形式已經演變成
規格化商品，也許就不會穿過兩道地鐵線、沿著Camden Road、
數著門牌號碼來到Mac Bar，在演出的一開始即感受到現場的難
能可貴。

　　Mac Bar挑高的玻璃窗戶貼著霧氣，可以說明室內與戶外的
溫差。太多人的酒館裡，我揮著手裡的三折酒單試圖搧出一點
風來。Graham Coxon的音樂雖矛盾掙扎卻不極端，他的吉他彈

奏技巧純熟，所以可以藉由最接近破音卻不撕裂的曲調去壓縮緊繃的情緒，再釋放出來。由於他從不粉飾人生是完美的，靜坐在抑鬱音符裡出神的人們，便不會爲經常出錯的人生感到失落；而他很少毫不留情去批判，選擇相信音樂純然價值的，便不會像聽到其他憤怒音樂時那樣，硬被逼到死角去思考也許本來就毫無意義的人生。單純吉他原音的歌曲裡，只有使人生出一種被了解了的哀傷，被詮釋了的寂寞。

所以即使其實Mac Bar裡有太多不明所以的酒客在Coxon調音時高聲喧嘩，甚至遭到他喊「閉嘴」也渾然不覺，可是我並未心生不滿。畢竟那是一場免費的小型演出。在現場看到Coxon的頻頻失誤與自我調侃「自己的人生總是錯誤百出」，讓我對原本從媒體上認識到的Graham Coxon的形象，進一步延伸到他的生活，包括他的女兒如何形成他音樂素材的一部份。

從Mac Bar走出來，擦掉在倫敦流的第一次汗。初到倫敦時對新生活的過度期待，與擔憂目標設定得太遙不可及，已經在這三個禮拜的調適中平復。我知道，新的生活已經就緒，就等我加入，運用時間與精神去和各種事物對話，並且再一次發現自己。其實，天空怎麼會太高呢？我們都該有理由相信你摸到的，就是天空。

### 植物

Asparagus Fern。高9cm。

葉呈羽狀。天門冬屬植物。

可能引起皮膚過敏。

# 青草梗的味道

　　早上醒來，從二樓的窗戶看出去，呈半個八角形的草皮上出現一圈圈鏟過的軌道，我想起同樣是學校修剪草地的某個下午，走在灰磚色人行道上，不斷聞到空氣中濡濕生澀的青草味，就這樣子想起很多年前在《椰子屋》讀到的一首與下午最後一片草坪有關的詩，和《葉珊散文集》序言中咬著青草梗的右外野手。

　　那天我強烈地想要在自己的房間裡養一株草，便花了十分鐘到宿舍附近的大型連鎖超市Sainsbury's，買了一棵學名Asparagus Setaceus的百合科多年生植物。根據購買時附的植物養護說明，此種植物忌諱陽光直射，也害怕人工通風裝置及暖氣設備，我卻把它放在架著暖氣機的窗台上，希望它在陽光照射下，讓我的房間綠意盎然。

　　當我捧著這棵高高瘦瘦的植物回到房間時，是打從心底高興著的。因為比起會吃喝拉屎的寵物，一株草是好養多了，何況作為一個熱愛中國古典小說的華人，還擁有《紅樓夢》中絳珠仙子還淚的浪漫文化。

　　事情就有那麼湊巧，數天後我去海渥藝廊(Hayward Gallery)

看日本當代藝術展，「Facts of Life」，一位名叫赤瀨川原平(Genpei Akasegawa)的藝術家在他一系列26張C-PRINT彩照中，拍了一張竹籬笆下的野草圖。恰如藝術家在照片旁述中所言：「第一眼我以爲它們不過是一叢雜草，接著才發現並不是的……」第一眼看到那張名爲「Paint-Flower」的照片時，也和赤瀨川原平一樣，以爲那不過路邊不起眼的草叢配以顏色剛好漂亮的花，讓我不禁懷疑起藝術家到底要挑戰觀者什麼；可是定睛一看之後才發現，原來有人在竹籬上畫上了花的顏色與形態，使人乍以爲花是從草叢中自然生長出來的，他接著問道：「到底是地球上的哪一個人做了這麼一件事，什麼時候，爲什麼呢？」

　　站在放大的照片前，我想起房間裡那株正進行著光合作用的草。如果不是因爲那天空氣中擠滿了草梗被折斷後發出味道的小分子，讓我想起了一首詩，和葉珊還是個外野手時含在嘴裡的青草梗，也許我便不會興起在房裡養一棵植物的念頭。

　　赤瀨川原平作爲一名觀察街頭的藝術家，不斷在屬於行人的街道上發現新的觀點，使得走在路上這回事也充滿趣味。透過他的鏡頭看到的尋常街景，物與物之間往往有讓人意想不到的巧合。除了真的草與畫的花，他還拍下了一個箭號指示牌正確無誤地指向鋁壁上的一個破洞、一棵樹樹幹的影子與另一棵

樹的樹枝剛好在一個圍牆內外銜接起來、還有他認為是世界上最小的狗屋——一個住著一隻小狗的紙箱。看著他那一系列在1985到1992年間拍下的照片和輔助旁述，我開始把筆記本拿出來，抄寫一些在看展覽時的奇怪感受，一些我在當下無法辨明，卻可能在日後某個偶然日子因為某個偶然物件的挑逗而從大腦裡層竄出的感受。

那棵我在超市裡買到的最平凡不過的Asparagus Fern，文竹，在肯頓市集(Camden Town)一個陶藝匠手中卻可以變成一個雅緻的室內花園。他在自製的陶盆中混入碎石塊，並且故意敲裂盆口，形成一種不完整的破壞感，然後植上一株仙風道骨的文竹和一小棵仙人掌，大大小小形態不一的盆栽陳列在小攤位上，竟隱然有中國園林藝術的氣質。

為了這個理由我決定向他買下攤位上價格最低的破陶盆，並立意將我的文竹移植到那氣質非凡的陶盆裡去，心想也許這麼一個移植的動作，就可以讓我從超市買回來的植物顯得氣質不凡一點。當我不經意地將破陶盆和草並置於窗台之際，從赤瀨川原平那裡學到的，屬於生活的巧合就此發生——原來不一定要按照陶藝匠給我的移植指南才得以使我那株原來只有9公分高度的草與眾不同——兩個生命形態迥異的物件放在一起，背後剛好是一片綠草坪和對面淡得近乎透明黃的綠色宿舍建築群，我

的窗台倒也像是一幅裝置藝術。

　　當年葉珊將青草梗折下放入口中應該是來自對生活的一種浪漫遐想。如果我曾經從寫詩的人、拍照片的人、製陶人那裡學到什麼，那或許就是在生活中不疾不徐地前行，意識到基本上每一個平凡的細節都有其獨特味道，恰如秋天下午鏟草後空氣中的味道，那其實是一種複雜的香甜。

### 鑰匙圈

MIDORI JAPAN。1米長量尺。

螢光黃色透明塑膠外殼。

YKK鏈子。

# 芝麻開門

　　宿舍的門很重，要進自己的房間至少要穿過三道爲安全而設的門。當手上拎著很多剛從超市買回來的一週生活所需時，便會很恨那層層關卡，尤其是我空有造型的鑰匙圈，鏈子總會在扭轉間自動鬆開。鑰匙滑落地上發出鏗啷巨響那刻，我就會希望自己懂得「芝麻開門」的咒語，一聲令下、金石爲開。

　　當然這都只是我爲應付生活挫折所產生的小小幻想。如同拿著鑰匙時，我總愛從黃色塑膠殼裡拉出量尺，再按鈕把它轉回去，那機械化的運轉聲，也增加了一點生活小樂趣。

　　如果我眞的可以學曉開啓大門的咒語，我倒是貪心地希望可以穿過知識與語言的屏障，進入智慧的桃花源；而非只是穿過建築物的隔閡從外入內而已。

　　一個寫詩的朋友曾寄給我一位詩人數首未發表的詩作。筆名阿艾的孫松榮的詩，詩題〈早安總是透紅的酒醉的橡膠〉，反覆誦唸後我雖仍無法確切記得詞與詞之間的排列順序，卻無法忘記那45行詩句建構出來，電影般的擬眞夢境。我愛極了那首詩，便把它藏在一個天藍色透明文件夾裡一起帶到倫敦。我方得以坐在廚房裡佐一杯黑咖啡，在中文資源驟減的異地裡，再

一次反覆誦唸。

> 早安總是透紅的酒醉的橡膠
>
> 靈巧的雨如繁花　稀薄的唇是黑色的雪
>
> ⋯⋯
>
> 許願一座花園　靈魂的羽毛
>
> 因閃著記憶的光澤　顫抖而顛狂的悅樂
>
> 向那不在場的指紋逼近　雪人是妳

　　孫松榮詩中凝練的意象，在腦海放映著的旋轉畫面中向我擊來，又旋即盪開。

　　如此我就很為自己是一個讀詩的人感到高興。雖然曾聽一位大學教授說，她從研究文學的領域改而投身傳播的原因是——長年埋首英詩會讓她逐漸失去朋友。

　　當然她是開玩笑的，卻可以從玩笑中看出一般人對文學研究者的刻板印象：陰暗灰濕的圖書館裡藏著散發霉味的枯黃手稿，只有她戴著一副厚重眼鏡日以繼夜在十七世紀十四行詩的論文中和虛構的讀者爭辯著Metaphor（隱喻）的意義。

　　我和同學都因她的玩笑笑出聲來，可一邊也暗自從鼻子哼氣，以示我的不以為然。不以為然，當然是因為我努力地想成為一名寫詩的人，如果沒有能力做到，那起碼也要作一名讀詩

的人吧。我的志向恰好和這位教傳播研究方法課的教授成相反狀態，我很是希望自己有朝一日可以從學習傳播的領域轉而去研究1300年前的唐代傳奇。

有一次和一個匈牙利朋友聊起我學法文一事，她問我可以用法文來幹嘛。我從沒想過學了一種語文要如何與謀生能力結合，便只好說，也許當我法文學得夠好時，也是我退休坐在家裡唸普魯斯特《追憶似水年華》原文的時候了。

喜歡文學的朋友會知道語言如何是一把鑰匙，甚至是一段讀不出文字的咒語，學曉西班文便有機會親臨加西亞·馬奎斯《愛在瘟疫蔓延時》的混亂時代；懂得義大利文便可以搜尋艾可《玫瑰的名字》那本字典；掌握日文就得以穿越村上春樹《世界末日·冷酷異境》的邊界如入無人之境。

當然一個人的時間有限，也經常力有未逮，想貪心地在一次人生中擁有一大串開啓不同大門的鑰匙是不太可能的，更甭說是神奇的咒語了。當我坐在深夜的桌前辨讀著一大篇E.P. Thomson的《The Making of the English Working Class》，我真希望自己早已把握住英文這個國際語文之鑰，而非在一堆生字中停下後又沉入孫松榮詩中「行經夢的地下隧道」，去看那「泡沫之淚」。

那組未發表的詩不知道現在發表了沒有。可是我很幸運擁

　　有這麼一把鑰匙，或是無形咒語，幫助我在最苦澀的閱讀中潤
滑我幾近生鏽的靈魂。

　　　當然有可能有那麼一天，我將發現自己已經認得通往喬哀
斯(James Joyce)阿拉伯市集(bazaar)的路線，那時，「芝麻開門」。

物件

# 23

### 筆記簿

A3。灰色厚紙皮封面。

橘色空白內頁。線裝。

MAKE YOUR MARK BY FORME 2001。

# 規格

　　朋友寫信來，提醒我不要買太多東西，因為在歐洲要遇見既漂亮又不尋常的東西是很容易的。我十分同意，以最平常的筆記薄來說好了，來倫敦以後已經不知道在極其克制的情況下買了多少極具個性的筆記本了，大小都有，也有不按規格出招的；即便是大學學生會印製的免費週記本，也選了挺漂亮的橘色，讓人拿在手上一點也不覺尷尬。

　　每個禮拜三或四的下午，都會捧著一大本A3規格的筆記薄到圖書館去。下午的圖書館總是坐滿了學生，選一個遠離熱鬧的最邊緣角落，開始在筆記薄橘色內頁上以塗鴉、拼貼的方式完成一篇專欄稿。有時遇到同班同學，他們會停下來和我談天，問我，這麼一本不屬尋常規格的筆記薄的用途。

　　其實是一個象徵。在我從Leicester Square一家文具店把它買下來以後，便決定以它作為我專欄文字的起草點。既然自己不會畫畫，那就以文字及照片在沒有邊界線的筆記薄上手工拼貼一個的世界吧。

　　有一天陽光的溫度恰到好處，我帶著這本筆記薄到綠草皮上照相，其實如果學會畫畫，應該是要在那上面寫生的，奈何

才華有限，就只能把它攤在草地上傷著腦筋於該選哪一個角度按下快門。

　　有時候會想，如果這個時候大學時期那幾個擅長攝影的朋友也在就好了。我是遲至大學時期才領悟到自己所身處的世代其實是一個「文字枯竭、圖像統治」的時代，那時學的是廣告，冗長細膩的文字根本不可能在以秒計費的商業廣告中生存，於是我必須改變自己文字思考的模式，大力擁抱視覺創意的衝擊，以免圍限於字咬著字尾巴成一直線的二度空間。只是雖然了解圖像的主宰力量，大多時候我還是耽溺於文字作爲地下道，引領我抵達思考的目的地。所以就算修了攝影課，我還是無法與天生就在腦中建構畫面的朋友相比。

　　不過也因此被訓練得離不開圖象思考了，尤其無法抵禦的，是電影這門所謂的「第八藝術」。先撇開電影綜合藝術的功能不談，當我一個人在新生活中開始建構全新的人際網絡時，首先發現電影的用處是，幾乎成了與陌生人聊天屢試不爽的最佳話題。

　　當然用這話題聊天也有讓人失落的時候。比如在希臘同學群中，安哲羅普洛斯(Theo Angelopoulus)這位希臘大導演竟然出奇地不討好。我認眞地探詢安哲羅普洛斯名字的希臘發音，他們反而先表訝異，接著大聲強調，在希臘並沒有幾個人看他的

電影。一名同學甚至說，自己絕對不會去看那種花了一個小時以上沒幾個場景，還全無對白的電影。她寧可看好萊塢片子。我也愛看好萊塢片廠的電影，因為世界上沒有誰比好萊塢更有條件生產大型製作的電影了。但同時也會有像那樣的晚上，從厄瓜多爾來的樓友Paola和我提及王家衛。我神采飛揚地和她暢談王家衛如何細膩捕捉現代人的情感、營造感傷氛圍。雖然我並非香港人，卻非常高興在一個我僅從地理課本上得知的地方，也有人和我分享著某項美好的事物。

這是全球化的好處之一，我甚至有為它鼓掌的衝動，只是一念及這裡面又牽扯到南北半球財富、資源分配不均的種種複雜課題，我又把自己幼稚小我的興奮壓抑住了。

電影既是我們這一代人最規格化的消費之一，也就成了我們最規格化的談話內容。看了《紅磨坊》嗎？啊，你也喜歡伊旺麥奎格！那你有沒有看過他演的《迷情追緝令》？不行不行，我覺得妮可基嫚根本沒有演技……我也很懷疑到底幾個人看過史丹利庫柏立克的《大開眼戒》……這樣一直聊下去，然後老師走了進來，上課時提及電影工業他舉了一個和妮可基嫚有關的例子，大家都可以理解地笑了。

看，規格統一形成的世界和諧是多麼美妙。只是可怕的是：如果我們提到《紅磨坊》或妮可基嫚而對方不知道，我們

便有可能會輕易將他歸檔為「怪胎」。規格統一的大眾文化讓我們容易對拒絕接受或缺乏機會接受的人產生偏見，就好比當我在klue.com.my讀到一篇對《金法尤物》毫不留情的影評時，也同時讀到那些年輕讀者們，不但無法心平氣和地接受，還如何作出可笑的人身攻擊。

　　規格和這世上很多事情一樣，一旦被化成標準便被扭曲了。我想我還是莫要對大眾文化與所謂「菁英文化」的分野太過介懷好了，因為有時我們實在需要抱著爆米花走進電影院看部沒負擔但好看的電影；有時候則只能投向導演名字十分拗口的電影去尋求慰藉。

## 物件

# 24

### 門票

梵谷美術館(Van Gogh Museum)門票。

票價fl15,50。購票日期091101。

購票時間13:07。只限購票當天使用。

# 第N次出門旅行之後

　　我原本一直不明白，聽說學生會要舉辦一個到阿姆斯特丹的週末旅行時，為何我那麼輕易受到吸引。連續好幾個禮拜臉上都掛著極度渴望參加的表情，一聽到朋友貼心地主動提議一起參加，便立刻轉換成「心動不如馬上行動」的積極態度，好讓朋友無法推托和我一起成行。

　　我還以為那是因為我需要一個短暫的休息，從課業中進行我慣性的叛離；或者天真夢幻的──我母親曾向我提及她和父親到過那座城市旅行，而我有意尋找當年他們的足跡；或者盲目放縱的，到那裡嘗試所有年輕人躍躍欲試的合法大麻。

　　回來以後才知道都不是，以上所述都沒完成，倒是帶了不少非荷蘭特產回來。如丹麥黑貓輪轉吊飾、義大利玻璃花飾、法國格子及膝外套、日本自然唇色速寫筆──再一次印證本人對消費的完全拜倒，走到哪裡都是一個「買」字。當然荷蘭名產也沒放過，回倫敦的巴士上，我帶著五十朵黃色鬱金香；也沒忘記到梵谷美術館買下印著名作《房間》的滑鼠墊。

　　我在〈世界的盡頭〉中提過曾在台灣買下同樣的《房間》滑鼠墊。只是因為那滑鼠墊早已送給一個朋友，便一直念念不

忘要再買一個給自己。也許出於補償心態，所以就算在梵谷美術館中看到的滑鼠墊，顏色完全失真，也毫不動搖地買了，根本枉顧當初那鮮明的色澤如何讓我的房間充滿春光乍洩的風情。

重讀那篇文章，才想起自己曾經提問：「到底一個人最遠可以去到哪裡？到荷蘭梵谷的故鄉夠不夠遠？看到《房間》的原作之後是不是就到了盡頭？」這或許解釋了為何我對這趟阿姆斯特丹之行如此執著，原來潛意識中我是為了尋求這個問題的答案而去的。

那麼，去了梵谷美術館，我找到我想要的答案了嗎？

住在倫敦之後，阿姆斯特丹就算不上遠了，盡頭忽然就自動被延伸到更遠的一個角落。梵谷的故事是這裡每個人都耳熟能詳的。捏著梵谷美術館的入門票，循著導覽地圖的指引，走到展示「房間」的房間，小小一張畫作前圍滿了慕名而來、為親臨真跡而探頭探腦的人們。好不容易排到畫作前，就算因為複製品的泛濫讓我對梵谷那房間的佈置與線條的運用再熟悉也不過，一開始站在那裡還是免不了一番誠惶誠恐——我，真的看見梵谷的房間了嗎？那麼，當初我對外面世界的盲目嚮往是不是也因為已經成真，而逐漸失去魔力了呢？

把梵谷美術館的入門票貼在筆記本上。那貼法看似隨意，

其實心裡卻有慎重其事之感。記得第一次在沒有家人的陪伴下出門遠行是大一暑假，我和一個台灣同學飛到紐約去。任何一個小東西都叫我大開眼界，於是小心翼翼把所有東西貼在小筆記本裡。在第N次旅行以後，經常在房裡不經意遇到前幾次旅行用的記事本，打開一讀又是一個下午過去。也許有人看到我因貼上太多過期地鐵車票而鼓脹的筆記本裡，釘著已被捏爛的免費地圖，會覺得莫名其妙，我卻很為這個隨N次旅行養成的習慣制約。

　　從那座被運河切割的城市回來以後，我穿過攝氏8度的冷空氣去聽《樂士浮生錄》(Buena Vista Social Club)紀錄片裡的主角之一——古巴樂手Ibrahim Ferrer的演唱會。由於演出場地艾伯特演奏廳(Royal Albert Hall)適於正襟危坐的座椅，讓觀眾無法隨Ibrahim Ferrer沙啞嗓音和彈出的節奏，大力搖擺自己的身體，我於是對整個演出產生了錯落的失望。只是還是把門票夾在一本因為貼滿奇怪票據、標籤而變得厚實的筆記本中，和梵谷美術館門票正好相隔一頁。

　　也因為這樣，每每我翻查筆記本時，總會因為那張票根，而想起了演出當天，在水晶燈從天花板高高垂吊下來的演奏廳裡，我與身旁一位英國紳士聊起我的阿姆斯特丹之旅，和他的古巴之行。我因為對《樂士浮生錄》這部影片的喜愛，也隨口

　　諤說搞不好有一天也會到古巴去。世界那麼大，而時間如此地少，原來我需要一些啓發，來尋找可能的盡頭。

　　N次出門以後，我保留了無數垃圾般的紀錄，卻相信就是這些票根將幫助我記憶上一次旅行，同時規劃下一次的行程，以認識自己世界裡更遠的盡頭。原來尋找一個問題的解答，卻還會衍生出更多問題。

### 標籤製造機

M°tex。塑膠外殼。藍色機身。

黑色轉盤。手動式。

適用於9mm標籤。

# 失語的標籤

坐在設計美術館裡的Café，我從背包中拿出妹尾河童的旅行素描本。京都來的朋友拿起來匆匆瀏覽一遍，在最後一頁發現一個植有「WISH」四個英文字母的黑色標籤。那個可愛的笨蛋一開始還因為看反了而無法理解「HSIM」所指為何物，臉上充滿疑惑的表情，我忍住笑把書轉了過去，他才出現大徹大悟的表情，接著問起我的標籤製造機(label maker)。

很偶然的情況下我在大山腳一家小書店發現這個文具，記憶中好像小時候曾看過家裡其中一個大人用過這麼一個東西，我買之前也不太確定到底要拿它來做什麼，可是回家後竟認真地坐在書架前為每一本書貼上寫有自己名字的標籤。有些貼在書背上書名和作者名姓中間，有些則藏封面裡的摺頁，有些則選擇貼在封面一個最不起眼的角落。當然我也沒有辜負這個小東西的原來功用，弄了一大堆標示資料夾的標籤，貼在我的黑色雙孔剪報資料夾上。來倫敦時想到自己一定會持續購書，便把它也一併帶了過來，有一次還因為它而讓我一眼認出同學誤拿了我的《傳播研究方法》，畢竟像我這樣大費周章在書上貼名字標籤的人並不多。

　　一個台灣朋友來馬來西亞探望我時發現這個小文具，也喜歡得不得了，臨走前還要我帶他到那家書店去買，運氣不好的他竟遇上缺貨，我隔了好久才給他買了寄到台灣去，以為他一定從那上面得到不少設計的靈感，給我寄一張以標籤為主題的手工製卡片來，結果只收到他用釘書釘釘滿信紙弄成信封的信。雖說仍是充滿創意的寄信方式，卻還是記掛著到底看似廉價的標籤製造機給他的生活帶來怎麼樣的刺激。

　　這東西不像迴紋針、圓規、螢光筆、透明文件夾等文具有個廣為人知的名字，可以讓我們走進文具店和店員談起時，直接讓對方了解我們所指為何物。其實我並不知道這個小文具的中文名字，「標籤製造機」是上網查了英文資料才自己揣摩出來的，我自己平時和朋友聊起時就叫它「壓字機」，那次在小書店裡找不著，就只好對著店員努力形容它的外形、操作方式與功能，並佐以印象中該物在店裡的擺設位置，才讓店員理解我們的購物目標、達成目的。

　　那次的經驗讓我對生活中字彙的缺乏留下印象，而偏偏我找不到名字來指示的物件，竟是一個製造標籤以提示名字的小玩意。我總是這樣，在生活中忽然面臨一種失語的狀態，經常找不到適合的語彙來完整表達自己所想表達的想法、概念，甚至感覺。

　　聽朋友說起，曾看過一個以雪的字彙為主題的紀錄片。愛斯基摩人擁有一個龐大的字庫來形容各式各樣的雪，從雪飄落、流動、凝聚到融解的狀態，甚至連在空中、石塊上、冰河裡的雪也都各有一個專有詞來表示，因為光線照射與水的含量使雪的白色出現不同程度的白，而這些對我們來說充其量只是刺不刺眼的白，在愛斯基摩人的語言中也各有不同的聲調。

　　第一次在中國餐廳裡聽到我的希臘友人敘述那源自地球極北的雪的語言時，我只覺得浪漫不已，對於一個語詞發展到如此繁複感到嘆服不已。我更記得的是小時候查舊式的、以部首作索引的字典，總是在「斜玉邊」的部份看見一長串美石美玉的名字，每一個字都因為那個部首而美得不得了，唸起來每個音也古意盎然，唯一的遺憾是每個字都只剩一個短短的解釋：美玉名。那個時候我便想像有一個博物館，裡面蒐集了所有珍奇的玉，在小心調控溫度、濕度的密封陳列櫃裡，每塊古玉旁邊都寫有它們原來所屬的名字，而我到那裡的第一件事就是去看看到底「瑋」是什麼顏色、形狀、透著什麼樣的光澤，並細讀文字說明，理解它的礦物質含量、它在所屬的時代裡有何象徵意義。

　　當然在我親身參觀過博物館後，我就知道許多以「玉」作部首的方塊字將永遠只能在人名中尋獲，而人的名字也成了保

留這些字眼的最後手段，對於中國曾經如此看重美玉，而發展出的那一套語言系統與知識，我也僅能憑此想像了。

在馬來西亞長大的我們很習慣語言的混種，一些國外來的物件就直接使用外來語，也常常向其他民族借用字詞；譯名也不用費功夫去想，就算想了也不會大量流傳。想想下午三點想吃點心Rojak或Laksa的時候，誰會用中文譯名說：「好想吃囉也、叻沙哦！」甚至連我們自己也不一定知道該怎麼正確地發「囉也」、「叻沙」這些音呢。當我們直接挪用外來字彙時，也只將它的發音調整得像當時使用的語言的語氣就好，這就是為什麼我們的對不起是「soli」，華語或英語的後綴詞則常常是「-lah」、「-lah」、「-lah」。

我們的語言因為各種來源交織混雜而顯得生動活潑，可是我們也經常在與外國人溝通時陷入詞窮的窘境。聊起台語和福建話的共通之處，台灣朋友問我福建話裡的蘿蔔，我破口而出的竟是「carrot」而不是「菜頭」。

有時候就因為這樣而覺得自己從來就不曾完整地擁有任何語言。當有一天我發現自己是以英文的句子結構在說中文時，實在很擔心自己患上慢性的失語症。這種症狀的最壞病徵是——就算曾經掌握各種語言裡不同形式的愛的字眼，卻連感情也無從誠實表達。

物件

# 26

書

GRIFFIN&SABINE：

An Extraordinary Correspondence。

作者Nick Bantock。Chronicle Books出版。

出版十週年紀念限量版。精裝圖文書。

# Bloody Complicated

其實我考慮過其他題目，比如〈當我們討論愛情〉，比如〈孤獨的人是可恥的〉，比如〈平行輸出愛情〉。可是都沒有《Griffin & Sabine》作者Nick Bantock對愛情的註解來得直接了當。Nick被問起對愛情的看法，他只有短短這麼一句：「*Bloody Complicated*。」由我拙劣來試譯，是「有夠複雜的」。

我在網路上讀到Griffin和Sabine的愛情故事，便抄下書名、作者、出版社，到學校書店去訂書。領書的時候店員小姐不斷讚美著這是一本可愛的書，lovely，這裡的人都愛用這個形容詞。這本書，就算從沒看過原書就從網路上直接訂購，也不可能後悔。書中是一對男女的通訊紀錄。書頁上真的貼了一個信封，裡面可以拿出摺了四摺的彩色信紙，好閱讀上面工整的手寫字跡。往下翻開，是一封封郵戳分別來自英國和某個南太平洋小島，風格對立的明信片。一頁頁讀著，就像在偷看兩人敏感而有才氣的情書，忍不住要去了解他們的個性與背景、關心這段感情發展。

2001年，距離Griffin和Sabine故事的初次發表，我只趕上十周年紀念。由於廣受歡迎，Nick Bantock之後又出版了續集和其

他圖文作品。我上網繼續追蹤，最想擁有他和其他人合作的
《Paris Out of Hand》。

　　下午三點，重讀《Griffin & Sabine》，太陽掛在天空側邊，
地平線上平鋪著一層光，穿過建築與建築之間的縫隙，投射在
另一棟垂直的建築物外牆上就成了一組明亮的色塊。下午四
點，往另一個方向看去，可以看到快成圓形的月。如果趕在中
午以前起床，一點左右剛好出門，便可以看見天空中凝固的藍
色，彷彿連雲都無法挪移一步。冷冷的空氣底下又如果剛好走
在人群中，就很像張楚唱的歌：「這是一個戀愛的季節，孤獨
的人是可恥的……」耶誕和新年的假期之間，我沒有趕上戀愛
的季節，便不斷上網下載MP3，也不斷在MSN Messenger遇上台
灣和馬來西亞的朋友。

　　不斷地聊天，不斷和不同的朋友聊天。聊著聊著，聊到了
感情生活，這件多麼「bloody complicated」的事。

　　久居倫敦的Griffin有天忽然收到一個女子，Sabine，從
Sicmon島寄來的明信片，向他要求一張他繪製的明信片，一張
從未向任何人展示過的明信片。出於好奇心，Griffin再向Sabine
追問，於是開始了兩人的通信。慢慢的，他們敘述到自己生命
中值得一提的事；開始聊彼此前天下午各自進行的瑣事或逛過
的美術館；生活中的挫折、對藝術作品的看法；並交換心中最

誠實的感受——特別是平時為了被視為正常而多半不曾揭露的寂寞。他們開始好奇對方的長相，想了解更多，同時希望在一起。當Griffin察覺自己愛上Sabine後，他不得不痛苦地提筆告知Sabine，自己必須停止這荒謬的通訊，因為他懷疑這一切都是因為他太寂寞而產生的幻覺。

Nick說自己的創作啟發自他對收信的渴望。在Griffin和Sabine的故事中，他企圖表達愛情與恐懼、思想與身體、男人與女人的關係，還有他一直追求的圖文結合。這個故事出版後會廣受歡迎，Nick自己也嚇了一跳。

其實這說明了這個星球上還有多少人對愛情心生嚮往，對寂寞感同深受。愛情與寂寞，常常並非相對，而是互動的。

早上十一點多，我從被窩中伸出手接起朋友從檳城打來的越洋電話。朋友問我好不好，當然說好，然後就聽到朋友哽咽的聲音。生活，很多時候是說不上好不好的，不怎麼不好，也不怎麼好。沒有好到讓人興奮莫名，也沒有差到讓人破口大罵，於是就有一種無奈的寂寞。很多人害怕這樣的生活狀態，便急急要找人來陪。常聽人說，一個人也可以過得很好，卻很少聽說，兩個人也可以過得很好這樣的話。

當我們談起愛情，你如何知道，他就是你所等候的人呢？如何知道自己並不只是因為寂寞，才草草愛上？如何才不會只

聽憑理智左右、又不完全失去理智？

　　當我們談起愛情，便發現那其實最考驗人心。Bloody Complicated。那些熱戀中的，即將墜入愛河的，期待愛情、害怕愛情、逃避愛情的，對愛情如此享受的——當我們談起愛情，寂寞也正在一旁伺機而動。

物件

27

### 維他命

Redoxon。冒泡。溶於水。

柳橙口味。每罐10片。

每片含1000mg維他命C。

# 想念的當下的當下

不梳頭髮戴著帽子、穿寬鬆的黑色Polo套頭毛衣加T恤牛仔褲、素顏，捧著一大堆書在圖書館裡遊魂似地過了兩個禮拜，終於撐到最後一份作業交出去的時候了，唯一想做的事是回到房裡睡個兩天兩夜。當我拒絕了不同朋友外出的邀約並且在床上躺下之後，我知道我再也不是那個熬夜兩個禮拜完成提案後，仍有精力和同組同學一起去淡水吃「阿給」的張瑋栩。

連續好幾天不敢直視鏡子裡的自己，深怕被自己的黑眼圈和凌亂分叉的頭髮打擊做人的自信。每天一定不敢忘記倒一杯白開水，拋一片維他命C，聽它興奮冒泡的聲音，接著虔誠喝下，彷彿這樣便可以調節睡眠不足、飲食不正常的生活狀態。

第一次看到這溶於水的冒泡維他命C是在大學同學光棻的房裡。那時我們一組六人擠在她算不上大的房間裡，討論著「每天每天說hi──台北市鄰里關係企畫案」或是「公共電視53頻道形象企畫案」。在冗長耗時的腦力兼體力交戰後，光棻從小櫃子裡拿出一小瓶橘色圓柱罐，在水裡放進一小藥片。那小藥片好像魔術般在透明水杯裡沙沙作響，在冒泡的瞬間把一杯水染成橘色，每一個疲憊不堪的我們都被那魔法攫住注意力，輪流喝

著那一小杯飽含維生素的水。甜膩的滋味安慰了我們，那喝水的儀式在我的記憶中留下信仰的基礎，使我後來回到馬來西亞後一直不忘叫母親給我添購這不算便宜的維他命。

那時光棻的說法是，她每次回家都會從母親的櫃子裡拿好幾瓶到台北來，因為如果自己到屈臣氏買，要付出的代價太高了。我們都是受寵的孩子，對父母予取予求，我不知道現在人在東京的她是不是還每天喝一杯1000毫克的維他命C水，我在邊喝那自動泡開的糖水、邊寫作業的倫敦凌晨總是不由自主地想起，曾經在台北如何的忙碌著。

我不只一次告訴當時的朋友我以後一定會想念那個「當下」，當我處於當時的「以後」之際，才發現只有在忙碌的現在，才會想起忙碌的以前。想念的當下的當下，我穿過線性的時空，擷取記憶中我所願意記憶的。

當然我並不是世界上唯一一個忙碌著的人，同時了解這種短暫性的忙碌只說明了自己並非一個擅於管理時間的人。在寫給弟弟的e-mail中，我這麼說：「書，是自己選擇來唸的，不能有怪任何人的意思。何況我總是在知識中找到小小的快樂，寫完一篇討論『大眾文化』的文章，便察覺自己長期以來對這個字眼的誤解，同時渴求更近代、更完整、更具體系的解讀，可以說是非常疲倦地享受著那需要長期追逐的滿足。」

　　連續兩個星期，書桌攤著至少八本劃著重要引文的書，床上按類別鋪滿參考書、影印資料和從網路上列印下來的文章。坐在桌前至少需要兩支紅筆、一支黃色螢光筆，因為我隨時都會不小心把其中一支夾在某本書裡。生活只剩下理論理論理論，不只一次在電腦前因為deadline的壓力而有想哭出來的衝動。身在台北的朋友朱最能理解我的感受，因為她總是在上班的時間看到我人在MSN Messenger的線上，而我總是不放過任何可以向她訴苦的機會，甚至要求體貼的她打國際長途電話來把偷睡兩個小時的自己叫起床。

　　四個月內，我的圖書館借書紀錄攀至100，平均每個月借了25本書。我當然沒有那麼勤奮把一百本書都看完，很多書都是借了放在架上的，更多書是翻閱速讀過去的，可是當我看到自己的紀錄出現這麼一個數字時，還是虛榮地高興了一下。我一直以為自己看最多書的時候是高二那年，坐在一個愛看書的男孩旁邊，他總是在我桌上放一些書，《中國文學史》、《中國現代小說選集》上下冊、《現代詩選》、《現代散文選》等等，補足了我對中國文學，特別是台灣現代文學，的無知，使我到了台灣比較沒有銜接的困難痛楚。一直到剛剛，在回想當年的當下，我才忽然意識到自己看的書已經超越當時的限制，對於知識的態度已經悄悄改變。

　　我總是處於一種恐懼無知的焦慮狀態。我總是對知識份子抱著一種迷信態度。我有一種對知識和一切與「知識」這個字眼有關的事物的迷戀情結。然而在我們這個每一個當下都可以拋出去旋轉成一個水晶球的時代，知識份子的神話迷障正被一層一層剝去。雖然和解開神棍面紗的方式不同，可是知識份子在嘲弄其他人的同時也被其他人以另一種方式嘲弄著，因為知識其實也是一個工業體系。

　　再拋一片維他命C藥片，看著它在水中失去形體，我還沒有讀過任何一本有關知識論的書，我可能錯了。我知道我還是無知的，我還沒有足夠知識，我，還是迷戀知識的，同時如果有人把我歸類為「小知識份子」，我還是會中那諂媚的計的。可是我想至少我比較沒有盲目崇拜知識的扭曲高傲了，畢竟，迷信和熬夜一樣，是不健康的。

## 輯四

# 離去，還要離去

物件

28

### 手提電話

SONY。CMD-J5。

含天線與jog dial設備。

螢幕寬4cm×3.8cm。重75g。

# 如輕似重

　　走在威尼斯佈滿階梯高高低低的巷弄裡時，我眞不能理解自己如何能帶著那麼重的行李旅行。兩個禮拜的旅行計劃，我帶了四套衣服、一本120頁的《愛情的盡頭》、手提電腦、MD隨身聽和一些零碎物件——裝滿文具的筆袋、化粧包，還有一本《DK義大利旅遊指南》。除了銅版紙印刷的精裝本指南，每個物件都是該類產品中最輕的型號。偏偏加起來就有了可觀的重量。

　　離開威尼斯前往佛羅倫斯那天中午，剛好遇上River Boat船伕罷工。我在Guidecca島的碼頭上握著下午1點28分的火車票，水氣穿透木椿地板從腳底竄起把十根腳趾頭都凍僵。我和在青年旅館認識的澳洲女生Shona，看著運河對岸的聖馬可廣場，心想著要如何越過佈滿霧氣的河道抵達威尼斯主島，好過橋去火車站。幸好遇上兩位威尼斯紳士答應送我們到聖馬可廣場，還告訴我們到火車站要怎麼走——穿過鐘樓，沿著運河走30分鐘。如果不是Shona幫我一起提那袋對旅人來說，實在太重了點的行李，我可能早就骨折在威尼斯那一點也不浪漫的天氣裡了。

　　因爲在作業交戰中，也沒忘記上網搜尋便宜機票，現在才

能坐在朋友位於佛羅倫斯Incisa鎮上阿諾河畔的家中。其實是連個完備一點的旅行計劃也沒有的。帶一本旅遊指南、朋友的電話、另一個朋友抄給我的青年旅館電話號碼，就上路了。對義大利除了美食、美術、美人，其他一無所知，也沒有動力去做任何功課。和朋友說起時，還毫不羞愧地說，自己一點也不害怕錯過任何重要景點。幾天下來偶爾在城中亂逛，更多時間在小鎮上悠閒度日，遍嚐義大利家居美食，甚至抄食譜、學做麵包、泡咖啡、弄奶泡，也不覺得不好。

　　當自己一個人，在旅途的火車上重看數個禮拜前的札記，發現原來身在倫敦時極度渴望一趟個人旅行，希望可以靜靜地一個人，看一本想看很久的書，聽一些歌，什麼也不用說，然後去探望一個老朋友。但真的上路以後，卻覺得自己可能是不適合旅行的。我是那麼害怕和原來的生活失去聯繫，所以旅行資訊沒有掌握多少，卻幾乎把所有能帶但無用的物件都帶在身邊了。連上飛機後便不會再用到的手機也一併帶著，說服自己可能前往機場的Mini Cab需要一通再確定的電話，也可以在途中把手機設定好當作鬧鐘來用。

　　理由其實不只這些。把手機隨身攜帶，是因為想延長開機時間到上機以前，唯恐自己在離去前錯過任何一通電話。同時期待自我放逐式的旅行結束後，可以馬上聽見熱鬧的鈴聲響

起，宣告自己回到現實人間。

　　有人說手機是從人手上延伸出去的一個器具。舉起來放在耳邊湊上嘴邊，便表現了一個人的社交活動。我喜歡Sony這款瘦長輕巧的外型，也喜歡它可以讓我依電話簿組別設定不同的立體鈴聲，那音樂盒般的鈴聲，不止一次讓身邊的人留下溢美之詞。我更喜歡想像使用同款手機，在世界另一角落的朋友們，同樣在無聊的時候低頭玩著手機裡更無聊的遊戲。

　　可是要不要帶著手機旅行也實在讓我猶豫不決。雖知沒有國際漫遊，到了義大利若要聯絡朋友勢必得依賴公共電話，卻還是找了藉口來帶著它。如果旅行是為了從現實生活暫時逃離，那麼為何我還如此念念不忘要帶著這個無用武之地的器具？

　　生活中總是有百思不得其解的時候。枯坐房裡想不出個所以然來，便渴望出去走走。期待陌生的環境可以把自己從原本的生活中隔絕，好沈澱有無。我們老把煩字掛嘴邊，真要談起卻又不知該如何去形容描繪。像王菲唱的《浮躁》；那種夏日的浮躁，在冬天乾燥濕冷的空氣中並沒有消失。

　　坐在佛羅倫斯烏裴茲畫廊三樓，看著這趟旅行中最燦爛陽光下的天際線。在擠滿遊客的露天咖啡座裡，身邊坐下一個揹著大型背囊的年輕男子，在點起一根煙抽著的同時，他的手機

鈴聲響起。他似乎沒有聽見那吵嚷的聲音，只忽然抓著頭髮皺著眉頭，再把頭埋在膝上。我不為所動用眼角掃視，發現當時還有一中年男子在不遠處講著手機。旅途中，我已經習慣聽見鈴聲也不會翻找自己的電話了。也許每一個旅人都是不快樂的，我們以為靜靜地走著、坐著、看著，聽不見自己聲音的同時便可以什麼都不想起。

只是真的可以什麼都不想起嗎？

如輕似重。我的行李隨著旅行的天數而日益增重。這趟未完的旅行中，我重新深入認識了一個相識多年的朋友，並受到影響開始學做菜。從原來生活中帶來的疑惑還在，不過如果我可以把比剛到義大利時更沉重的行李帶回倫敦，我便有理由相信自己，其實可以面對那更稱不出重量的，問題。我把手機帶著，也許更是因為當我回到倫敦，我可以撥一通電話告訴我的朋友們，我回來了，請來地鐵站幫我搬行李。

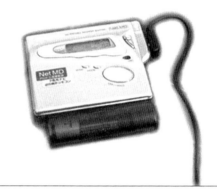

物件

29

### MD

SHARP MD隨身聽。NetMD。IM-MT880。

七色光操作狀態切換顯示燈。

雙行液晶螢幕顯示。

PC至MD高速傳輸資料。錄放音功能。

78.9mm×71.9mm×15.7mm。

# 新玩具

　　為什麼長大以後的我們總是買了一個又一個新玩具仍樂此不彼，明明知道手上拿著的玩具不久將被淘汰卻仍任性地買下？為什麼我們總是不知道滿足，從來不會在商人汰舊換新的遊戲中感到厭倦？為什麼一個小機器形態的玩具要花上至少半個月的儲蓄而我們仍毫無怨言？為什麼有一天當我們整理房間，忽然就發現自己站在永不耗損的物質如CD光碟片之中，卻不曾質疑過「永恆」這個命題？

　　我覺得無聊，便很想在生活中添一個新玩具。剛好朋友鐵平回日本渡假，就托他幫我買數年前便想擁有的MD隨身聽。他一月回來時真的為我帶回最新型號的Sharp NetMD。可以直接從網路下載MP3，在USB接續端子周邊還有超炫的閃爍七色光顯示器。兩個人在第一次試用看到時就像孩子一樣，一直對著小機器的閃光不停以幼稚的「哇哇」聲來表現由衷讚美。

　　另一個日本朋友卻在一旁恐嚇我，說MD在不久的將來即會被淘汰，取而代之的會是無形體承載的純資料體。我聳聳肩，繼續把玩著我的新玩具。因為看不懂日文說明書便自己上網查資料，同時下載MP3，在電腦上編集喜愛歌手Patti Smith的歌曲

曲目，在她嘶啞暴烈的聲音中晃動自己的腦電波。

讀過市場學的人都知道，出現在市場上的新商品，其實並不一定是此刻最進步的技術成果，而是多年前就可以到達的階段。商人不可能放棄利用市場上還沒有的新產品來製造營利空間，便不斷延緩最新技術產品的上市，共謀汰舊換新的遊戲來刺激消費。當年我們買CD隨身聽時不也有人叫你先忍一忍，宣告MD的時代就要來臨了嗎？可是我們還是按捺不住擁有的慾望，唯恐跟不上下一種永不變質的保存方式。

當我把新玩具放進黑色風衣的口袋，把雙色液晶冷光線控器夾在衣領內側，戴上耳機，走在路上，我開始建構一個與現世隔絕的空間。我不再只是遊移在倫敦Oxford Circus 北向Regent Street的三度空間裡，我看得見人流簇擁卻聽不見車聲擾嚷。我正在聽著一首俗爛甜膩的中文流行歌──漫畫《The Book of Leviathan》的作者Peter Blegvad說的好，太愚蠢而說不出口的話都被流行歌曲唱出來了。聽著一個人才聽得到的音樂走在路上，就像在看著一個人才看得懂的電影，有一種私密的孤獨感受，絕對沒有要與人分享的念頭。

不斷聽著新玩具唱出狂放愛意與無奈嘆息的歌，我開始問起身邊朋友曾經做過最瘋狂的事是什麼。德國朋友Marx說他和女朋友分手後的第二天，連家人也不知會便拿著隨身行李一個

人到哥本哈根去；韓國朋友Ellen則將提出分手的初戀男友視爲自己生命中第一個失誤，每天坐在偌大停車場一台車子後方靜靜喝完一瓶啤酒；另一位朋友說自己初次在感情上受到傷害時，一個人走在陌生的街道上，流著眼淚喝著殘餘的啤酒或發餿的牛奶，不可抑制地說話與嘔吐，卻仍感受不到心跳的存在。還有，還有，還有其他朋友瘋狂的故事。每次從新玩具裡換上新的一片MD，我就聽見一個瘋狂的故事。原來每個人都把自認爲最瘋狂的事與感情掛勾，一生中必得在夠年輕的時候，實踐至少一次毫無理性、無可救藥的浪漫。

　　我原本以爲自己蒐集別人瘋狂的故事，就像自己蒐集新玩具的心態一樣——我想知道更多，想擁有更多。直到有一天，我在倫敦白教堂藝廊(White Chapel Art Gallery)舉行的Nan Goldin回顧攝影展中，看見一系列題爲「first love」的照片。一對對漂亮的年輕情侶或赤身露體、或親暱擁吻、或在火車上頭疊著頭小憩，在鏡頭前毫不遮掩，展示自己愛情的記憶。在影像保留下來的情感格式中，我想起朋友們與愛情連結的瘋狂故事，同時也想起傅柯的《瘋癲與文明》中，被送上愚人船的瘋子。當年人們以迴避與隔絕的方式來對待癲狂，今天對於瘋狂感情的缺席，人們反而感到人生的失落——原來也有人在蒐集名叫「瘋狂」的玩具，不是我，是那些唯恐在生命中錯過、不得不放棄理智

而履行瘋狂行徑的人們。

　　樹是遠方的，機器狗是家裡的；書是停滯在架子上的，手
提電腦是旅途中不可或缺的；文字是古代的，影像是當代的。
資訊的紀錄與保留格式不斷在變化中，我們對人生的態度與瘋
狂的理解也不得不跟上時代。原來不管時代如何演進，我們對
生命的基本要求仍然相同，而新玩具的添購總是必要的。

# 物件

# 30

### 期刊

point d'ironie。n°16。mai 2000。

當期藝術家：Richard Billingham。

agnés b.出版。Hans-Ulrich Orist主編。

8頁。非賣品。

# 所以巴黎

巴黎是一座古老的城市，而我們卻還年輕。這裡沒有一件事是
簡單的，甚至連我們的貧困、突來的一筆錢、月光，或正確或
錯誤，還有躺在你身邊、在月光下熟睡的人的呼吸聲，都沒那
麼簡單。

──《流動的饗宴》，海明威

　　是這樣的，兩個要回馬來西亞開café的朋友在抽身離開歐洲
前，不忘到巴黎住了一個月，藉口說是要到跳蚤市場找適合café
氣氛的小傢俱。他們拋出吃住免費的誘餌邀我去那裡玩，為了
成全我們在歐洲的最後一面，我也顧不得剛從義大利回來，只
上了兩個禮拜的課，便買了歐洲之星(EuroStar)學生優惠票直奔
巴黎。

　　三小時，從倫敦Waterloo火車站到巴黎Nord火車站總共只要
三個小時。我揹著一個黑色背包下了火車就在巴黎了。連海關
也沒有。我好像還在倫敦，心裡想著自己當初還未出國唸書前
對巴黎的嚮往，忽然間這樣就到了巴黎。

　　巴黎當然是漂亮的。作為一名遊客，我十分賞臉地把旅遊

書上介紹的觀光景點，盡可能地在短短數天內都看了一看。就算沒有充裕時間入內看蒙娜麗莎，也要在羅浮宮門口看一下貝聿銘聞名世界的玻璃金字塔。只是怎麼也沒想到，到巴黎的第一天，竟是在朋友家中趕稿到傍晚七時許，再匆匆到市中心尋找網咖寄稿。更想不到的是，一個晚上跑了三個地鐵站，要不是碰上網咖打烊了，再不然就是問遍所有店家、路上年輕人，沒人知道網咖何處尋的。

這當然是因為朋友和我都不熟悉這座城市的緣故。站在香榭大道上看不見任何一家網咖，我雖然心底焦急，卻完全無法責備這座華麗氣派的城市——別人大費周章規劃行程、練習法文路名發音，而我只是為了要隨便找一家網咖，就看見了凱旋門。打電話給曾在法國住過的同學，問他知不知道巴黎的「easyEverything」，那家號稱歐洲最大的連鎖網咖在哪，他嗤笑那座城市沒有任何東西是簡單容易的，讓人不禁啞然失笑。

我們只好轉移陣地到拉丁區(Latin Quarter)去。從地鐵站走出來，朋友依循記憶找著上一回巧遇的網咖，我四處張望，想像《黑白巴黎》的作者張耀在巴黎café按下快門的剎那。

過馬路時我順口唸出一家店名：Shakespear & Company。朋友知道我愛書，便說是間書店，問我要不要過去看看。那靈巧的名字迅速拼出了我的記憶拼圖，我直指著那書店說不出話

來，一道聲音在我心裡喊著：那是海明威在《流動的饗宴》中提過的，Slyvia的書店。

　　海明威描寫自己在巴黎時常常窮到買不起書，可是書店主人總讓他把想看的書先帶走。1920年代的巴黎，Shakespear & Company中，總有一眾擲地有聲的作家文人出入，醞釀了塞納河左岸的部份文藝氣息。這群文人對巴黎的刻劃描繪，也改寫了一次世界大戰後世人，尤其是美國人，對歐陸腐朽殘敗的印象。

　　找不找得到網咖，我已經感受不到那焦灼了。那出其不意的偶遇，驚動了我因為在寒夜中奔走而僵直的神經。我終於體會到我遊玩的是什麼樣的巴黎。這是一座太過有名的城市，關於她的傳說太多，我完全沒有辦法拒絕或避免摻和著他人書寫的經驗，來解讀並複寫這座城市。每個角落似乎都藏著一則我在書中讀過的傳奇，都有可能不經意喚起我記憶中曾被閱讀磨擦生熱的感知片段。這就是巴黎。

　　就像我無法不透過蒐集而來的《point d'ironie》期刊來發現巴黎。說蒐集其實不準確，因為我從來不曾特地去哪裡拿這份刊物，也沒有完整連續的收藏。總是去逛街時看見agnés b.店裡的某個角落放了一疊，便拿了放在包包裡；或是在泰特現代美術館的書店裡看到它和其他免費刊物，便一併帶走。

《point d'ironie》是法國設計品牌agnés b.出版的，每期邀請一位藝術家利用8頁的空間，自由無度地發表一個創作主題。因為這份刊物發行30萬份流通世界各地，加上用心的藝術推廣和行銷，我才不時可以在台北、東京、新加坡、倫敦、阿姆斯特丹看見不同期號。

當然是享受這種便利的巧遇的。只是更多時候我拿了期刊便集中收進文件夾中，偶爾才對特別感興趣的主題多看幾眼，進而認識我未曾聽聞的藝術家與作品。至於藝術家的名字，因為太多了，加上他們總是低調得可以，可能翻遍整份刊物，只有在一行出版社資訊上看見他們的名字，所以我總沒有記起來。

但是當我坐在春天百貨附近的Triadou Haussmann咖啡館裡，卻想起了一年多前我還在馬來西亞時，一時興起在房裡拍下的《point d'ironie》照片。

英國藝術家Richard Billingham從一捲他拍父親和兩名朋友的錄影帶中，剪輯出連續鏡頭、再將之拼貼起來。按序排列的嘴部特寫、失焦，放大不抽煙就睡不著覺的人吞雲吐霧的動作，昏黃的燈光染滿了上癮的情調。

坐在即將回國的朋友面前，手指無意識地推轉著尚未喝完的咖啡杯，面向大馬路的玻璃窗上掛著一排暗紅色絡金穗的窗

帘，剛好遮住探向外界的視線。也許是因為咖啡館裡充滿了煙味，也也許所有滋養我對巴黎想像的傳說，都在片刻間絡成窗帘的流蘇，我伸直腳，耽溺在咖啡館的癮頭裡，心裡很希望，永遠也不會有離去。因為，這正是一座經意不經意間，都要讓人上癮的城市。

　　而這不也是一個經意不經意間就讓人上癮的人生？

物件

# 31

### 飾物

玻璃花飾。四片花瓣。三顆花蕊。
赭黃色。霧面玻璃。義大利製造。

# 拍拍春天的木頭

　　不知道為什麼，從巴黎回來以後，我一直處於一種讓人看了討厭的開朗心情。就算去上早上十點的課也絕少抱怨，覺得只要一杯加適量砂糖的咖啡就可以安慰睡眠不足的靈魂。做著最沉悶無聊的報章內容分析，也可以邊吃零食邊量新聞版面尺寸大小，毫不介意做這件事情是否有意義。最糟糕地要算是在情緒低落的好朋友面前，尚不知收斂地戲耍搞笑、高談闊論，直到朋友不耐地提醒：這一切並不好玩。

　　我緘默了。我當然知道這世界有很多事情並不好玩。再過不久我們將進入撰寫論文的警戒狀態，又會面對離開校園然後何去何從的老問題，接著不得不向剛認識未滿一年的朋友說再見的話。可是我已經很久沒有打從心底快樂的感覺了。很久，不能在生活中無意識地，輕輕地甚至是輕浮地快樂著，於是便近乎放縱地讓自己耽溺在快樂的面罩下。

　　在學生餐廳巧遇一名開學時認識的印度女孩，她客套地問我最近可好，我又不能自己地眉飛色舞描繪起自己的好心情來。她拍拍桌面說了聲「Touch Wood」，點醒我兀自陶醉的情緒──太過招搖地快樂是有可能會受到懲罰的，邊拍拍木頭說聲

「Touch Wood」，以免話說得太滿而樂極生悲。

　　敘述快樂是一件困難的事。尤其是敘述著隨時會消失殆盡的快樂。一方面是那麼不能自己不知所以然地快樂著，另一方面又隱隱擔心，到底什麼時候那快樂會像一個響脆的飛吻，「吱」一聲還沒碰到臉頰就沒了。

　　於是坐在房裡一面想著「什麼時候人生中連快樂都必須小心翼翼？」之類的問題，一面把玩著在阿姆斯特丹買到的玻璃花飾，一不小心就把其中一片花瓣從銅線上折斷了。看著那從深褐色花莖中伸出的數根細銅線，被精巧地鎖在玻璃花瓣中，折斷的那片花瓣看來無論如何也不可能套接回去了。心裡雖然有點懊惱，卻也不得不嘆服假花竟也像真的花一樣，不堪一折。就像我的快樂，要向朋友流露，都還得那麼小心翼翼。

　　那朵玻璃花飾是和以前的樓友張芸一起在一家販賣玻璃製品的小店買的。輕手輕腳走在那家店裡，唯恐一不小心會扯到一個瓶子、打翻一列杯子，或是壓碎一隻玻璃甲蟲。最後帶回了這麼一朵無用的脆弱花飾，卻彷彿一朵擬真的花，就可以幫助我在下冰雹的阿姆斯特丹看到春天，或快樂。

　　當然春天不會隨著假花而降臨，它還是不能免俗地按照日曆行事。終於有一天，從超級市場帶回一把艷黃色的喇叭水仙，插在廚房桌上的霧面塑膠花瓶裡。那喇叭花瓣燦開的艷麗

黃色對我來說其實略顯俗媚，可是看見某天的《衛報》(*The Guardian*)專題報導了開得滿滿一片的喇叭水仙，便忍不住把花帶回來了，也許是因為春天帶來了我的好心情。一邊又現實地想著，它是不是真的會像推銷標籤上說的，「保證五天內不會凋謝」？

在課堂的小休間問起張芸最近在幹嘛。她半開玩笑地說自己在思考人生哲學的問題，心情處於亢奮狀態的我自然被她逗笑了。看到她對生命生活的一貫認真，我想到自己最認真的時候，莫過於是在超級市場裡的錙銖必較。對快樂與憂傷的質疑常推說只是隨便想想的，可是我心底知道，那是因為我還沒有足夠的勇氣去「認真」，我害怕萬一，萬一我認真起來卻得不到我想要的答案時，我要如何面對那個萬一。

我們又開始聊起生命的目標。張芸持續思索她為什麼待在英國的問題；而在吉隆坡工作數年的朋友即將買下自己的第一間房子；我決定不管今年的流行，把瀏海蓄得再長一點、馬尾綁得再高一點。在進出廚房、打開窗戶引進新鮮空氣的慣常程序中，有一束真花插在桌上，和一朵花瓣折損的玻璃花被高高夾在窗把上——快樂也許真的是因為春天來了。

我記得在台灣度過第一年冬天，從光線不佳、濕氣濡人的政大莊敬二舍走出來，左轉拐進往大門的小徑時，忽然就看見

枯枝椏上的嫩葉。第一次我感受到季節更迭的氣息，當下便停在樹底下看著結晶的露珠如何滴落。今天下午走在往超級市場的路上，忽然就看見路旁人家的門前綻出一樹的櫻花，我第一次看見真的櫻花，便伸手去摸摸花瓣的質感。朋友說，昨晚剛播完的《慾望城市》結尾，Carrie也在紐約熙攘的馬路上撿起一片楓葉，然後幽幽說道：「The Season is clicking」。

雖然我沒有很喜歡Carrie那角色，卻很喜歡她在那一集中對季節遞遭的敏感。在櫻花樹下，拍拍那樹幹，春天來了，希望我的好心情一直持續到天明。

### 果醬

Les Delices Du Roy。無花果與蘋果口味。

果醬：果肉=100g：55g。含3％香料。230g。

使用期限：130205。普羅旺斯產品。

# 果醬

　　接著天氣就變了。陰，冷，刮風，同時夾帶綿綿細雨。初春的陽光又退回到陰暗的雲層背後，希臘友人們開始無止盡地想念雅典城中的太陽與熱，並且不斷倒數回家的日子。

　　天氣不好的時候無從培養出門的情緒，便把咖啡、烤好的白麵包和法國果醬捧到房間，讀著上上個禮拜的《觀察家週報》(*The Observer*)還一派津津有味，忽然才發現自己的生活是跟不上時代節奏的。便隨手查看起麵包與果醬的使用期限，因為我最常被樓友們提醒要吃自己買了冰在冷凍庫的食物，要不便是經常發現櫃子裡還有吃不完卻早已過期的麵包。如果不是身邊總有善解人意、體恤人心的朋友理解有些人並不適合廚房，不忘提醒我一些生活細節，我的生活不會像現在這樣還算合乎健康法則。

　　於是去巴黎時一直念念不忘要給對我照顧有加的韓國朋友，Ellen，帶個小禮物。從Rue Saint-Honoré門牌213號，大名鼎鼎的時尚概念店colette朝聖出來，途經一間精緻小店，裡面販賣巧克力、小餅乾和果醬，想到Ellen喜歡法國果醬，便走進去探一探，一整個架子擺滿各種水果口味的甜美果醬，一時眼花撩

亂不知如何選擇，便只好保守地買了她最喜歡的草莓口味，同時不能自己地買了無花果兼蘋果的。

拎著封口貼著店名燙金色貼紙的紅色紙袋出來，同行的朋友也買了一小袋餅乾。在大馬路上咬著沾滿細砂糖的餅乾，我們聊起包裝的藝術。朋友忽然就爲我們家鄉那些同樣美味可口的小吃打包不平起來──爲什麼在馬來西亞沒有人想過用精緻包裝來蠱惑人心？爲什麼在馬來西亞沒有人擅用「家傳食譜」來大作文章以增加產品質感？爲什麼這樣爲什麼那樣？

我當然沒有答案。糊著嘴巴聊包裝的藝術，心裡想的是，這其實是可以從經濟發展、文化觀點，甚至全球化與助長壟斷的著作權法等各個角度切入的題目。但那時我只是想買果醬，同時對馬來西亞食品工業的未來充滿信心，便聊聊也就罷了。

回到倫敦把草莓果醬拿給Ellen之後，她開懷笑了，認爲這是一份好禮物，因爲可以讓她在麵包上塗抹果醬時想到我。她就住在我樓上，有時候我便帶著法式可頌到她那裡吃早餐，一面喝著Espresso，一面在烘烤過的可頌上塗果醬，那一瓶紅得近乎透明的果醬裡，佈滿了一粒粒白色草莓籽；有時候則是她到我的房裡來，一起吃顯得有點晚的宵夜，自然又是咖啡，佐以抹上有無花果粒、蘋果果肉的果醬麵包了。於是，巴黎買回來普羅旺斯產品，帶來了我們生活中小小的快活。

在義大利少杰家渡假時，他拿了室友Paola家中自製的果醬來招待我。義大利人對待食物的認眞，實在沒話講，那以夏天新鮮水果加蜂蜜製成的果醬，到現在還讓我回味無窮，連那近似凝膠的蜂蜜黃色，也在記憶裡少杰那兼作起居室的廚房中，毫不褪色地閃動。

因爲人們願意在炎炎夏日裡，站在熱鍋子前流著汗煮一鍋果醬，所以當寒冬沒有夏日時鮮水果時，我們仍舊可以吃到甜美的食物。當我用茶匙從瓶中挖出一抹果醬放進嘴裡，果肉的質感和舌頭貼近的磨擦忽然就讓人體悟一些什麼——如果水果的甜美可以不受時令影響加以保存，那麼我們要如何不受天候的變化來維持好心情呢？

事實是，當天氣轉壞的同時，我的生活也忽然遭到小人的詆毀。從朋友那裡輾轉得知，自己竟然在某月某日某些人的對話中成爲討論主題。那話題完全沒有眞實性，所以我才用「小人的詆毀」。我雖然氣憤，卻對到哪都是的流言沒辦法，反正有人的地方就有江湖。在和朋友訴苦的同時，想起身在墨爾本的弟弟曾說，有些人的生活窮極無聊，不追著一些八竿子和他們打不著的事情聊著，他們會罹患憂鬱症。

壞天氣，流言蜚語，下個禮拜的兩個課堂簡報，截稿壓力，我的好心情自然或多或少受到影響了。不過有時候我覺得

自己神奇得可以，半夜不睡覺聽從colette買回來的《colette N°2》電子舞曲，一面晃動身體一面坐在電腦前寫稿，Ellen到我房裡來查探我的寫稿進度，看到我手舞足蹈地向她敘述我之前三個小時的工作狀態，她當下就察覺到我的好心情又回來了。

她笑著問我想必是在生活中如刪除檔案般刪去了那小人的中傷。我也笑著回答，生活中有果醬的甜美，有讓人動起來的好音樂，有更多腦袋不裝漿糊的朋友，就算天氣不好，我還是享受我之為我。

果醬有一天會被吃完，好心情可能極難維護，可是我相信自己沒有敗壞的人格，我的生活毋須仰賴防，腐，劑。

輯五

而這一次
自己也不確定，
會滯留多久……

物件

# 33

### 月曆

Women Artists。2002 TASCHEN CALENDAR。

封面：Elizabeth Peyton,Savoy(Self Portrait)1999。

c2001TASCHEN GmbH Hohenzollernring

53 D-50672 Koln。

# 會是因為寂寞嗎

　　正強烈說明著自己的意見，碩士班同學忽然放下啤酒，意味深長地看著我說：「妳真是一個碩士班學生啊！」讓我不得不從「dilemma」、「psychoanalysis」、「objectification」、「rationalization」等詞彙中頓下——什麼時候開始，我是那麼輕易地就在生活中揮舞自己半明未了的知識的？

　　另一個同學下午收到Amazon寄來的包裹，她興緻勃勃地隨機播放剛買的四張CD。我沉住氣聽艾爾頓強(Elton John)，卻終於受不了抱怨他流暢和緩毫無沮滯的商業旋律。她於是說李歐納孔(Leonard Cohen)——我最喜愛的歌手之一——就算被視為最棒的詩人歌手，他的音樂仍不及艾爾頓強讓人容易記住哼誦。我當然馬上抗議，認為不該如此將艾爾頓強與李歐納孔相提並論，同時以歌曲的流行程度作為評斷標準也不公平，於是，一個晚上又輕易扯上一場辯論。

　　在家常的朋友聚餐中，韓國同學Ellen和希臘同學Anastasia因為同樣看了電視播的《鐵達尼號》，就商業、藝術、電影工業的各個面向，展開了爭辯。那天的辯論極為精采，可是當生活中充滿太多類似的、刻不容緩的辯論時，作為一名碩士班學

生，我不得不認爲，我們總是太執著於所掌握的知識了。那麼多不一樣的人，秉持著那麼不一樣的強烈意見，而我們到底懂得多少？竟那麼信心十足地執著於自己所理解的？

　　半夜在我房裡，Ellen在一本大部頭書《Art and Feminism》裡無意翻到一幅以日本藝妓爲主題的作品，我們竟又開始對妓女與性工業存在的正當性展開對峙。她堅持以她的原則去看輕從事性工作的女性，認爲她們嚴重損害其他努力爭一片天的女性們的地位；我抱著對無知事物的一貫保留，無法苟同她對性工作者的武斷批評。

　　當她從我的房裡離去，我忽然有一種缺氧的難堪。那難堪不在於我們無法達成共識，因爲我們從來不介意共識的達成與否；也不在於我們的感情或者會受到損傷，因爲我們都成熟到可以尊重朋友的不同意見。那像是一種難以言明的悵然——我並不清楚，在那場沒有結論的辯論中，我強烈的意見是因爲我眞正了解這個議題，還是我擔心，如果沒有表露一定的意見，我便會在朋友群中顯得面目模糊？

　　已經很久了，我沒有哀傷的感覺，沒有即刻的寂寞感受，沒有心靈被觸動撫拭的體會。在原本應該輕鬆平常的朋友聚會中，正修讀著碩士課程的我們似乎特別著迷於一種狀態：終於找到同個層次、同樣思考愼密、飽受訓練的同類，可以無時不

刻就各種議題進行深入淺出的討論。每個人表達意見的方式不盡相同，有人羅列數據、有人依賴名家、有人設下圈套、有人不斷反問；可是沒有人記得停下來，問，你的心在想什麼？

　　就算有人問了，我也會因為太久沒有感到哀傷、太久沒來得及覺得寂寞、太久沒有記得上次被觸動撫拭的感動，而無從回答。或更糟的，以武裝的笑容、不屑的神情來否定那問題的重要性。

　　從牆上拆下名為《Women Artists》的月曆，目光一直停在九月份Elizabeth Peyton的畫《Gavin Sleeping》上。已經不記得在哪看過這個紐約畫家的作品了，很可能是在泰特現代美術館，也很可能是雜誌粗略的介紹過。忽然想起自己在很久以前就毫無理由地，喜歡上她以水彩或油彩來表現身邊友人的作品，畫中那明亮的色彩與人物眉宇、嘴角間的失落與不在乎，唯美地表達了現代年輕人的親暱與輕微的感傷情調。

　　我不知道我可以對Peyton的作品多說些什麼，那純粹的喜歡也許投射自我對自身的期許。會是因為寂寞嗎？還是很久以前我就預見自己，將來也會在同一群朋友中，看見同樣叫人心寒的不在乎？好幾次，我在朋友Ellen臉上看到那無從為人理解的寂寞。我們的生活經歷太過不同，我們對世界的認知也無法處處銜接得當，我覺得自己被叫做知識與雄辯的態度攔截在她

的門口，對她的寂寞無從陪伴。Elizabeth Peyton說，她總是爲自己而畫。這個世界有太多有天份的人活得像株水仙，就算在水中倒影裡有那麼一次不小心瞄到了別人的身影，也只能在距離中偷偷欣賞，畢竟別人還是不及自己在一個自我建構的世界裡來得，重要。

　　也許寂寞需要直覺毫無理由去對應，而不是碩士班學生的滔滔不絕。

物件

## 34

### 日記本

2001DATE BOOK。含年曆、月曆、雙週曆表。

附東京、橫濱、神戶、福岡地下鐵路線圖。

附電話簿別冊。MIDORI JAPAN出版。

# 忽然的假期

　　從圖書館借了三部電影回來，一個禮拜期限到了，歸還了其他兩部，再借Michael Winterbottom的《奇異果漫遊仙境》(*Wonderland*)，還要續借溫德斯的《巴黎德州》(*Paris, Texas*)。

　　把《巴黎德州》當作背景音樂與影像在房裡播著，坐在窗邊看書、喝咖啡。Ry Cooder的電影配樂和Robby Muller的影像，旋即帶我回到在檳城大山腳的一個下午，我和朋友佛寶在翻版VCD檔口，埋首在一大堆按片名字母順序排列的影片中，試圖挑出符合我們口味的電影。我搜尋電影的方法很簡單，總是每部電影都朝導演名字看一看，看到大師作品自然開心，找到獨立電影更是興奮得不得了。

　　佛寶不一會就挑出一大堆他想看或是已看過而想擁有的電影，他看到我小心翼翼選出來的VCD裡有《巴黎德州》，便笑著對我說，這部片子很好看呢。

　　這部片子很好看呢。除了電影本身吸引人，開場時以仰角表現的德州沙漠，還讓我想起了那個馬來西亞的炎炎午後，我為了躲避太陽而匿身於VCD檔口的日子。赤道的陽光照在當時屬於無業遊民的我身上，即使現在回想對那瑩亮的熱力，還是

能感到那疲軟的無力感。

　　從書架拿下那年的「2001DATE BOOK」，在「1月5日」那一欄，藍色筆跡寫著「*Unbreakable / M.Night Shyamalam－Paris Texas / Wim Wenders*」。那時我待在家裡整日遊手好閒，日記本上寫滿了看過的電影名稱，甚至貼上當時院線片的票根。2001年1月，剛從台北返鄉，家鄉的小鎮讓我有一種熟稔的焦慮，時間彷彿靜靜流動，日子是必須主動填充的表格。不像在台北遇上電影節時一天可以趕三部電影，在這裡，創新非商業的獨立製作電影，不會包裝成小型電影節、透過影片簡介或媒體曝光，讓你毋須大費周章就得以觸及。那時我覺得自己好像回到了高中時期，世界的門剛敞在眼前，卻經常怯懦地覺得自己準備不足──還沒看過任何一本米蘭·昆德拉的書？世界的盡頭是什麼意思？為什麼提姆波頓是怪才？史丹利庫伯立克導演的《Lolita》和傑洛米艾朗斯主演的《Lolita》有什麼不同？你為什麼那麼確定Bob Dylan和Joan Baez的歌就是好歌？

　　於是我開始從一月份的紀錄一路翻下去。三月的最後一個禮拜天開始專欄「自己的房間」；四月頭兩個禮拜則是不停進出修車廠；漸漸的日記本裡的電影紀錄被生活瑣事取代。越看越沒想到自己竟對紀錄與細節那麼迷戀，不但過期的日記本保留完好，連約會都赴完了，回來還要填上時間、地點、人，從

等人的地鐵站名到吃晚餐喝咖啡的地名都不遺漏；更要用不同顏色的原子筆和螢光筆來審愼標示各種不同活動。

每年選購日記本，我以爲我喜歡的是計畫，原來我喜歡的是紀錄。

圖書館休館四天那個週末，宿舍的網絡系統也失去功能。那天我趕稿到凌晨五點半，無法透過網路寄稿，便只好搭早上的地鐵從Zone 4到市中心去網咖傳檔案。坐在空無一人的車廂中，看著鼓漲得滿臉通紅的太陽，斜斜掛在剛冒出花苞的枝椏邊，平坦的草地上有一團霧氣徐徐滾動著。那時我並不知道網咖已經終止3.5磁碟機的服務，也並不知道我將錯過最後的截稿時間。撐著一夜未眠的身體，我想著的是，下午怎麼完成和朋友去看展覽的計畫。

ORNING & REDA 2002日記本「3月29日」那一欄，清楚紀錄著下午Nan Goldin的展覽「Devil's playground」和晚上的「哈姆雷特」。早上是空白的，畫上三道麥克筆紅線。

因爲那天的失誤，我在接下來的一個禮拜裡享受到忽然的假期。54個禮拜來第一次不用寫稿。可是不知道爲什麼，在接下來的一個禮拜內，日記本裡卻只空空懸著一個與教授的會面，和週末與朋友出去的紀錄。

我還以爲我喜歡的是紀錄。一整個禮拜，我記得的是，五

點半到六點半之間，投射在桌前的鏡子上，照亮手提電腦螢幕的黃昏陽光，給了我無法專注的藉口；腦子裡冒出的汗是去年的這個時候的馬來西亞，我站在極熱極熱的街角，以一張擦出紙屑的面紙來回拭著額頭的汗。

原來我喜歡的是回憶。

化粧水

KIEHL'S since 1851。

ROSEWATER TONER NO.1。

適合乾性及中性皮膚。

成份含玫瑰花露、異丙醇、山榆蒸餾液等。

反對動物實驗。236 ml。

# 把眼睛閉起來，看得更清楚

　　上個禮拜《觀察家報》的編輯前言題目很亮眼，就叫〈我們很漂亮，啊，很漂亮……〉（"We're so pretty, oh so pretty……"）。談的是美麗但遭法國化粧品牌「蘭蔻」(Lancôme)卸職的前代言人，依莎貝拉羅塞里尼(Isabella Rossellini)，在一齣女性戲劇的終場，向觀眾大聲疾呼：她的美麗是一個詛咒，使自己如何在十四年來成為「蘭蔻」欺騙消費者的幫凶。編輯Miranda Sawyer對即將推出自創品牌香水的羅塞里尼，自是毫不留情地批評——難道只有她一個人不知道，化粧品公司販賣的正是青春長駐的謊言？

　　洗完澡出來，我把「KIEHL'S玫瑰露化粧水1號」倒在化粧棉上，再往臉上按逆時針方向輕輕拍著。找出一個禮拜前羅塞里尼抨擊蘭蔻的新聞報導，她批評化粧品廣告對於兜售美麗與年輕的不遺餘力，使得整個社會對「看起來完美無暇」這件事產生瘋狂的迷戀，甚至遠遠超過對知識與仁愛的擁抱。她強調：就算滿佈皺紋，妳仍可以在四十歲之後尊嚴地活出精采人生。對於羅塞里尼四十歲被撤換後才體悟的道理，我其實深表贊同，可是我們也不能否認，如果可以既聰明有知識又長得漂

亮可人，我們的人生會更加精采動人；把聰明有知識和漂亮可人的順序調轉來說也一樣行得通，甚至意義更爲深遠。

　　也許問題就出在於，雖然甘於受騙似乎有違人性對眞實的嚮往，美麗仍使我們甘願受騙。

　　提出「公共領域」(Public Sphere)概念的德國哲學家哈伯瑪斯(Jürgen Habermas)認爲，人們每一次發言是爲了有效地兌現四個目的：理解度、眞實性、確定性與誠摯度。可見了解眞相是溝通中極重要的目的。所以我們總是在對話中解釋自己、在對話中要求別人說明自己；介意別人明不明白、了不了解「眞正的」我們。我們似乎對眞實有種不健康的妄想與追求——如果我不能成爲第一個知道的人，起碼不要讓我是最後一個。

　　禮拜六下午，在泰晤士河南岸的國家電影劇院(National Film Theatre)看了一部義大利電影《Ignorant Fairies》走出來，心裡一直在想眞實與謊言的關係。故事很簡單卻有點聳動：一個妻子在她丈夫車禍去世後，發現過去七年來，他一直秘密維持著一段婚外情，而對象居然是個男人。有別於其他探討三角關係的電影，導演Ferzan özpetek對一夫一妻的家庭結構提出質疑——有沒有這個可能，隨著越來越多候鳥旅人到處遷徙，家庭的認同感再也不一定由血緣來建立，也不在相處時間的長短，而在價值觀的均等上？一個家的組成其實可以是愛人、朋友、

室友、甚至志趣相投的過客，也其實可以涵括不同種族、性傾向、職業？

　　電影盤繞在我腦海中的是一段午餐的對話。離家多年的變性人決定回鄉參加一個婚禮並且探訪家人，他猶豫的是，到底他應該以男兒身或是女兒身出現在家人面前。那是一個兩難的局面，以男兒身回家，則延續了長期以來的謊言；以女兒身出現，又唯恐家人受不了打擊。女主角長期以來對於真相與誠實的信仰在此受到挑戰，她質疑如何去愛一個對你撒謊的人；可是那穿著裙裾搖曳生姿的隆乳變性人（很抱歉找不到一個更妥當的字眼來形容他），卻恰似無意地說：我總是向我最愛的人們撒謊，因為一旦不撒謊，他們可能就會停止愛我。

　　那麼到底該不該接受謊言呢？我們對真實都有不健康的追求；可是有時候我們又寧可受騙，因為其實是我們自己不願意去接受，真實其實有時候是醜陋、殘忍並違背我們期待的——我們要的真實，是否都經過妥協？

　　米蘭・昆德拉在《生命中不能承受的輕》中借由藝術家莎賓娜之口，說出一個真實的道理：「在表面上，是一個睿智的謊言；底下，則是一個難解的真實。」

　　複雜的人類情感與自尊、熱情、占有糾纏不清，使得真實與謊言交織成一塊華美的地毯，到底我們要把它踩在腳下，還

是躺在上面輕輕撫摸那顏色交錯的圖樣呢？我沒有答案，只好把眼睛閉上，以便讓自己看得更清楚一點。就算只有一點，也好。

電視

Proline。TVC140。14"螢幕。

電視錄放映機。

# 媒體日記

【2002年4月30日】

12：30

感冒多天，睡了十數個小時仍覺得頭昏腦脹。梳洗後決定早一點到教室去，臨走前翻了一下《觀察家週報》附贈的一週電視節目單，今晚十點Channel 4有一個叫《Football's Fight Club》的節目，談狂熱足球迷的暴力行為，用紅筆劃了起來，想著有時間不妨看看。

14：00

上課，「Development, Media and Globalisation」。教授談及美國一項研究發現不同族群觀眾對相同節目會作出不同解讀。此一研究大大削弱了電視對觀眾有直接影響的假說。課後討論上則談到觀眾的認同意識會影響閱聽人接收訊息的態度。到底美國電影的大量流通是否是美國價值觀侵襲其他文化的帝國主義呢？

17：30

到圖書館還錄影帶《永遠的一天》。安哲羅普洛斯的電影永遠有一種不疾不徐的魔力，帶領觀眾進入主角尋找失落日子的空間。又借了三部電影：《八又二分之一》、《英倫情人》、《鰻魚》。不一定會有時間看，放在房裡可以在遇到可能的失眠時，無後顧之憂。

19：00

吃過晚餐後回到房間，我錯過了六點鐘BBC2的《The Simpsons》。下午教授提及英國最受歡迎的長壽通俗劇《EastEnders》，再過半小時就開始，便把電視開著，看了幾個精采的BBC頻道宣傳短片，也許我應該去買幾片空白帶，把這裡精采的短片與廣告錄下來。

20：00

上網查e-mail，順道上台灣《中國時報》網站「人間」副刊版，讀「三少四壯集」劉黎兒的專欄文章〈書店的迷思〉。我還是覺得「三少四壯集」中以王文華與成英姝的專欄最兼具娛樂性與教育性。

21：00

翻閱上週《TimeOut》。封面人物是Tom Waits，訪問稿的標
題："Conformity is a fool's paradise"，循規蹈矩是愚人的天
堂。閱讀《TimeOut》與《衛報》、《觀察家週報》的文章總讓
我有一種快感，節奏明快的標題、搧動性的言論、辛辣的諷刺
與批評、毫不顧忌的意見，都一再刷新我既有的思維模式，逼
問我去逼問，為什麼？為什麼？我也許現在沒有答案，可是起
碼我維持對尋求答案的覺醒。


23：00

接到Ellen透過網站Genie傳來的手機短訊(SMS)，便到她和
Anastasia的宿舍去喝夜間咖啡。晚上聚在一起喝咖啡聊天已經
成了我們的習慣之一。今早Anastasia在「Audience and Everyday
Life」這門課上做了個人媒體日記的簡報，她發現自己的媒體
消費行為與社會互動有極大關係，就好比每禮拜三我們都會約
在Ellen房裡一起看《慾望城市》，再對當集的情節提出看法，
當然那話題多半是，如果我是Carrie，在遇上那莫名其妙的男
子會怎麼反應；或是Samantha對愛與性的態度是不是一種缺失
的補償行為之類的。

00：00

新的一天了，我錯過了Channel 4的節目。桌上攤著上禮拜天
《The Observer Magazine：OM》，因應正在上映的電影《非關男
孩》中，單身男主角拒絕穩定戀情的情節，雜誌訪問了五名英
國單身男子，現身說法何以自己無法建立、發展並維持戀人的
兩人世界……

　　同學Ellen和Anastasia這個學期選了一門叫「閱聽眾與日常
生活」(Audience and Everyday Life)的課，其中一項課堂作業包
括紀錄六個禮拜以來、個人的媒體消費日記。最近她們忙著準
備課堂簡報，我因為經常和她們在一起，少不得也聽她們聊起
那門課。我是個沒有自知之明的傢伙，選了「媒體、權力與政
治」(Media，Power and Politics)，唸哈伯瑪斯(Jürgen Habermas)
唸得暈頭轉向，於是便想苦中作樂，也學她們寫起一天的媒體
日記來。

　　在向朋友以二手價格買下這台電視以前，我以為我是名符
其實的電視兒童，可以將電視節目表倒背如流，對熱門電視節
目永懷熱忱，把電視節目主持人當作知心朋友。我告訴朋友，
有了電視可以讓我更貼近住在英國的這個事實，雖然也更直接

成了廣告活動中媒體組合的對象。現在英國廣告商不只可以在地鐵廣告看板對我進行感性訴求，在平面媒體如報章、雜誌上對我施展魅力，或透過網頁上閃動惱人的廣告視窗來告訴我哪個新產品上市了，更可以透過結合聲音、影像、動畫直接在電視上告訴我，英國廣告中的英式幽默。

但買了電視以後才知道自己對電視有多冷感，一星期內扭開電視選擇頻道的次數絕對不超過七次。這個預估數字包括了：每天六點不忘收看《The Simpsons》、每週三晚上十一點三十五分的《艾莉的異想世界》；另一次則可能是Channel 4有魚目混珠之嫌的關於色情行業或男女同志性行為的紀錄片，或是午夜的BBC News 24。有時候如果不是一些朋友到我房裡來，順手扭開電視，我還幾乎忘了它是接收英國五個頻道的傳播工具。

英國學者David Gauntlett和Annette Hill從500名參與者為期5年的媒體日記，進行一項電視與生活的分析研究，側重於電視與閱聽眾之間複雜的互動關係。這項有趣的研究發現，就算因為社會「重工作、輕休閒」，大部份人對看太多電視會有罪惡感，可是這並沒有減少他們看電視的時間。

從自己的媒體日記裡，我才赫然發現一天中，自己在不知覺間不斷與各類媒體接觸。即使我對電視冷感，卻不得不承認

它在現代生活中扮演著吃重角色。在Gaunlett和Hill的研究中有一道題目是，電視對生活的意義。電視對我來說，就像是一個瞬間隧道，帶我通往我此生到不了的地方，了解與我完全不同的人，是如何生活著。在這個隧道的旅行經驗，又將間接影響到我面對生活困境時採取的手段──幻想曲或是大屠殺，都在這裡。

　　不過電視節目首先必需多元、開放與包容，能夠文化與商業兼備最好。最可怕的是遇上淪為當政府傳聲筒的國營電視頻道，永遠都只播出迎合主流霸權觀點的節目。正因為這樣，我小時候一點也不愛看電視，害我長大後在台灣因說不出卡通名字，而被朋友譏為「沒有童年」。

物件

## 37

**酒精飲料**

BOMBAY SAPPHIRE Distilled London Dry Gin。

1公升裝。酒精濃度47%。

由十種特選植物配製蒸餾而成。英國產品。

# 滑動並微醺的時空

　　飛機降落檳城時，坐在我身旁的新加坡小女孩抬著下巴企圖看出窗外，我昏沉沉的眼角不小心瞄到她渴望鳥瞰秀麗檳島的表情。可是歷經十幾個小時的長途飛行，又在新加坡等了快三小時，我也只能側一側身，轉頭繼續捉緊時機閉目養神。不用把頭貼在窗上，我也可以在腦海中精確描繪出檳榔嶼浮在碧綠海上的景致，而乾淨得像能穿透過去的藍色天空閃著耀眼刺目的光，把雲的顏色映照得像童話故事中形容的白色一樣，純潔、自然、快樂。

　　是的，回家了。暫時不管倫敦六月有多少精采節目正在上演，我在Heathrow機場第四航站排了一個小時的隊伍拿到登機證，吃下這個月最後一客三明治，並開始調整心情準備接受馬來西亞的炎熱。然而踏出馬航客機、走在銜接機場大廳的步道上時，那熱力還是透過兩旁細縫向我疲倦的神經侵襲而來。我身上的黑色長袖襯衫顯得十分不合時宜、拎在手上的牛仔外套也變得沉重不已。

　　低頭看看手錶，五分鐘前我還昏迷不醒倒在位子上，一走進冷氣颼颼的機場裡，卻搖身一變健步如飛，直衝免稅商店買

了一公升瓶裝BOMBAY SAPPHIRE倫敦琴酒——如果我必得在倫敦的生活缺席，那麼至少我可以在家中調製喜愛的Gin Tonic，偽裝倫敦的生活滋味。

在新加坡樟宜機場等待轉機時，按捺不住，付了二塊美金買了二十分鐘的上網時間。在網路上遇到台灣的朋友朱，和她談起回家的心情，沒有旅行時對未知的期待，也不像出國展開新生活時摻和忐忑不安與莫名興奮，倒像是在倫敦喝Gin Tonic時體悟出來的道理——總是自己調的好。

有好幾個朋友和我一樣，對調了通寧水的琴酒情有獨鍾。琴酒，又叫杜松子酒，據說曾是勞工階級的飲料，可是現在在販賣酒精飲料的夜店裡，Gin Tonic卻成了最基本的選擇，甚至可以用來評定該店調酒功力高下。

在倫敦不同的地點喝多了不同酒保調的Gin Tonic，也聽得了不少朋友抱怨，到後來竟覺得，自己和朋友在家中小酌時，依心情起落調製的Gin Tonic最好喝。用比例恰當的通寧水將琴酒的烈性稀釋，同時揮發出琴酒的清新甘甜，再放上一張《Another Late Night》CD來聽，日子自是逍遙不已。

回到偌大的家裡，發現所有的人都還在上班，我在客廳把Belle and Sebastian的三張單曲CD放到音響中，把音量調到整間房子都聽得見。我要用我的方式慶祝回家的感覺，從樓下走到

樓上，慢慢地體會著這房子在我九個月的缺席中有了什麼改變，或是說，我自己有了什麼轉變。那個晚上我睡了整整十六個小時，第二天醒來時已是傍晚時分，過的根本就是時差尚未調整的倫敦時間。

和爸媽吃過晚餐後我拿出琴酒，加了在家樂福買回來的罐裝通寧水，我媽譏笑我從國外學來一些要不得的習性。我晃一晃冰凍的杯子，和她說那些外國朋友的喝酒德性──知悉我沒有通寧水調最後一杯Gin Tonic，朋友舉起那透明湛藍的瓶子二話不說，咕嚕咕嚕把最後一分純琴酒喝下肚，然後起身重心不穩地走出門，繼續他的工作去；另一個朋友在情緒極糟的狀態下，連續好幾天到小酒館蓄意喝醉，卻也總是在走出酒館準備回家時被晚風吹醒，完全說明了現實生活不由得你逃避的道理。

曾在婚宴上喝了啤酒，被同齡的表哥勸說喝酒傷身，尤其是女孩子。但在真正見識過酒精釋放人類神經、舒緩僵直肌肉、干擾正常意識的能耐後，我再也不隨便以道德標準來看待那些清醒的醉著的人們。所謂清醒的醉，聽起來矛盾不已，實則是「藉酒裝瘋」，絕不致於糊塗鬧事。

現在我桌前放著一杯Gin Tonic，那杯沿的晶瑩水珠、舉起晃動時冰塊相互敲擊著的聲音，暗示著我在倫敦的一些晚上。

Oxford Circus後方巷子、略顯擁擠的摩登酒館裡，我和朋友握著心愛飲料或坐或站聊著天，DJ技術熟練地切換著搖擺的節奏，營造明暗燈光下的迷亂氣氛。時間在一杯又一杯的Gin Tonic中滑行而去，空間中擠滿了微醺的粒子。一個人可以麻醉到什麼樣的地步，來忘記爲了追求夢想而承擔的壓力？而一個人又可以承擔多少壓力，來追求夢想的可能？

只不過短短一天，我從倫敦的時空切換到檳城的時空，唯一延伸到來的是一杯Gin Tonic。我在想，在這個滑動並微醺的時空裡，這杯Gin Tonic濃縮了多少不同的生活經歷、稀釋了多少夢想下的壓力？

### 煙

Marlboro Lights。低焦油及尼古丁。

20根盒裝。濾嘴香煙。馬來西亞免稅商品。

馬來西亞政府忠告:「吸煙危害健康」。

# 抽煙不抽煙

　　《彼得的白日夢》(*The Daydreamer*)第七章，十一歲的故事主人翁彼得在海邊渡假時，忽然留意到大部份的大人，要不是需要一份對味的報紙來展開一天，要不就是得喝一杯洗澡水般的咖啡，要不就是一整天都離不開香煙、或啤酒。再不然就是讀著報紙，喝著咖啡，一面抽著煙。

　　於是，報紙、咖啡、啤酒和香煙，成了大人們才可以享用的特權，雖然這些對一個寧願在沙灘上流一身汗的十一歲小男孩來說，一點吸引力也沒有。大人們的日常生活——坐著不斷地聊天、最了不起的運動是散步、總是自己找很多瑣事來忙碌、在假日中打電話回公司詢問詳情，對那個小男孩來說，也是無聊得可以。

　　我躺在床上讀著那本精采的白日夢小說，肘邊則躺著一個瓦盆煙灰缸。除了閱讀報紙從來就不為大人所禁止外，咖啡、啤酒和香煙，都不再是我生活中的禁忌，尤其我身處的是倫敦，就算是女生，抽根煙也沒什麼大不了。

　　記得曾在台灣《中國時報》網站上讀到一篇文章，好像就叫〈抽煙不抽煙〉，說的是現代女性比起自己祖母外婆那一輩，

似乎在人生中多了一些選擇，比如說可以選擇抽煙或不抽煙，結婚或不結婚，生小孩或不生小孩；而男人們卻好像還停留在三十年前祖父們那個年代一樣，成家立業仍是人生重要的使命與目標。

話雖然這麼說，我記得在家裡的時候，還是不怎麼抽煙，至少還沒有讓任何一個長輩目睹我嘴叼一根煙，一手搗住打火機、另一手點煙的樣子。有一天家族餐聚，我姨丈半開玩笑說起在我的文章中看到我描繪抽煙、喝酒的場面，回家後我媽憂心忡忡地說我在長輩面前留下「壞女孩」的印象了。於是只好否認自己抽煙。

看起來自己好像是為了在長輩面前維持一個「好女孩」的形象，而撒謊了；事實是維持「好女孩」形象對我來說並不是多麼重要的事，如果我真的是個傳統價值下的「好女孩」，可能會覺得自己無趣到極點吧。只是抽煙這回事，暫時還沒有重要到值得我去對抗他們、挑戰他們。我沒有煙癮，馬來西亞天氣那麼熱，吸煙區又多半設在戶外，我既然不會為了抽一根煙而汗流浹背，當然更不會為了抽煙不抽煙這回事，來和長輩起爭執了。

只是抽煙不抽煙可以決定一個女孩是好是壞這回事挑起了我的興趣——為什麼抽煙不抽煙，健康反倒次要呢？

　　我記得韓國朋友Ellen告訴我們一群朋友，在十年前的漢城，她如何無忌於人們的眼光開始抽煙，或者應該說，她是為了對抗「女性不應該抽煙」的傳統觀念而開始抽煙的。可是在倫敦，那麼多人不管男女老少都在抽煙，更多在抽大麻，抽不抽煙就與挑戰傳統價值觀毫無關連了，反倒與懂不懂得尊重拒抽二手煙的朋友有關。

　　有一次和奉行健康原則的素食者Beverly，談到和抽煙的朋友去餐廳吃飯選擇座位的問題。她直言認為吸煙者應該遷就不吸煙者，坐在非吸煙區，任何人煙癮犯了，就請自便到吸煙區抽完了再回來。我聽了不禁莞爾，醫學上已經證明吸二手煙與肺癌有直接關係，選擇愛惜生命的她自有她的道理，每包煙盒上以大寫字母標示的政府忠告：「吸煙危害健康」，其實是寫給她這種對自己生命持正面、積極態度的人看的，而非放縱自己慾望不斷抽煙的人。

　　英國醫學家Richard Doll是第一個發現肺癌與香煙中的焦油直接相關的人。他認為，以任何方式來宣傳推銷吸煙都是不道德的，不過他也勸說父母們，萬一自己的孩子真的點起了一根煙，千萬別將這視為十惡不赦的罪行，因為他在研究中也發現，從青少年時期開始抽煙，但在十五年內成功戒煙的人，只比從未吸煙的人們多了些許致癌的機會。

　　我想起加拿大朋友Tom，每每我們論及較具爭議性的話題——抽煙不抽煙、喝酒不喝酒、跳舞不跳舞、嗑藥不嗑藥、調情不調情、狂歡不狂歡，結婚不結婚等看似擇一的是非題，實則內情重重的複選題時，他最常先反問，你為什麼這麼做？你為什麼反對這麼做？

　　事出必有因。當你太早點起那根香煙，也許只是因為你太急著進入大人的世界；當你看到朋友們都點煙了也跟著點上一根，也許只是因為你還沒有唸過心理學裡「同儕壓力」那一章；當你太堅持女孩子也可以抽煙的論調，也許只是因為你太疲倦於從小到大扮演的乖女孩角色；當你點了一根煙卻出言制止女伴抽煙，那麼我想，那只是因為你還沒有進化。

　　如果你是因為無聊才抽煙，那麼恭喜你，你絕對有上癮的機會。如果你不抽煙呢？那也有很多可能，其中一個可能是，你只是從來沒有質疑過，為什麼不可以抽煙而已。

　　所以，抽煙不抽煙呢？選項之前，記得還要回答下一道問題：為什麼？

## 物件

# 39

### 海報

BBC4頻道宣傳海報。

「Everybody needs a place to think」。

人物伊恩‧麥克(Ian McEwan)。作家。

地點The Chilterns。30.5cm×61cm。

# 最後一個角落

　　躺在床上，累極卻一直翻來覆去睡不著。在沒有亮燈的房裡站起身來，窗外街燈正好對著自己，我覺得承受不住，便蹲下來，忽然就發現，在自己的房間裡，其實已經找不到一個可以坐下來把頭埋進去的牆角。

　　站在床上，把貼在牆上的BBC4宣傳海報提早撕下來，用小刀把殘留在牆上的雙面膠刮下來。再過不久，我便要隨著課程的結束離開宿舍的房間。也不是沒有換過房間的人，還是從一個國家換到另一個國家的那種。可是在這八月底，竟忽然因為要結束這個名叫「自己的房間」的專欄，而對離開一個房間這回事介懷。

　　試著站在房間中央，每個角落都堆滿了雜物。和論文相關的影印文件散落桌上、床上、椅子上；要分析的報章則一堆堆按先後順序排列。不敢相信的是，連桌子底下都有箱子裝著分析表格。我拿著伊恩‧麥克伊溫走在劃為保護區的Chilterns丘陵地上，微仰下巴、看向遠處的海報，努力回想當初得到它的機緣。

　　BBC4是英國剛成立不久的數位電視頻道(Digital TV

Channel)，提供深入、廣泛的人文節目內容。海報其實是該頻道系列廣告之一。每張海報都請到各個有成就、名氣響亮的當代藝術家、作家、音樂家代言。宣傳口號則是針對知識份子、藝文愛好者喊話的——「每個人都需要一個地方來思索。」(*Everybody needs a place to think.*)

從人文角度出發來包裝產品，BBC4並非第一人。在地鐵車廂裡一次又一次看著迎風撥弄著頭髮走在沙灘上的蘇珊‧桑塔(Susan Sontag)，和坐在公園長凳上的菲利浦‧葛拉斯(Philip Glass)，還是被打動了。可是BBC4是數位電視頻道，使用者必須付費購買相關器材才得以觀賞，反應快的人便出言譏諷：何以大眾需要付費「到一個地方思考」。

為了更認識這個在英國境內飽受爭議的頻道，我到BBC4網站瀏覽，希望能了解其節目製作方向，看看鼓勵人們思考的頻道，究竟如何定義思想的內容。網站上有一角邀請大家發表個人思索之地，我不假思索按下enter輸入：自己房間的桌子底下。沒有燈，沒有聲音，只有自己如駝鳥般縮在桌子底下最裡面的角落，想一些每個人都在想的問題與道理。

然後有一天，下午跟Mira聊天才談起了伊恩‧麥克伊溫和他的《彼得的白日夢》，回到家我就收到了一個圓筒郵件，裡面就是伊恩當主角的海報。

　　說我的思索之地是在關了燈和音樂的桌子底下，其實是把思考這回事當作一個可以安排的行為。可是想事情畢竟不像打籃球，要招喚球友、到球場上去跑跳運球流汗。「思考」是無法透過自律神經系統來啟動開關引擎的。總是在轉換地鐵的月台上發現自己嚴重需要一杯咖啡，來整理混沌一天的思緒；或是在車廂的搖晃中出現靈光一閃的決心。也是在如是的場景中，我確定要從自己的房間走出來的嗎？也是在如是的決心裡，要暫時放下自己對物質迷戀的喃喃自語嗎？

　　重讀過去寫下的文字，我似乎看見房裡雜亂物件堆放並置下的角落。自己的房間，房間裡的物件，物件的故事，故事的情緒，情緒的流動，流動的生活──這樣一個延伸的過程，可以看得出我對生命搜尋與思考的歷程嗎？

　　更年輕的時候，因為只往前看而躊躇滿志，對於說再見這回事總是瀟灑得可以；現在的我，因為意識到「永遠不再」的無奈，開始討厭告別式。很多道別其實是不經意間的最後一面，要到很久以後才發現，原來永遠不會再見了。

　　專欄結束了。只是，只是我還想繼續走下去，走到房間以外，尋找自己的影子得以投身的最後一個角落。繼續走，便不得不說這麼一句話──

　　再見。

**國家圖書館出版品預行編目資料**

自己的房間 / 張瑋栩著.
——初版——台北市：
大塊文化，2003 [民92]
面：　　公分 . ——(Catch : 55)


ISBN 986-7975-64-2 (平裝)


855　　　　91021312

台北市南京東路四段25號11樓

廣 告 回 信
台灣北區郵政管理局登記證
北台字第10227號

# 大塊文化出版股份有限公司　收

地址：□□□＿＿＿＿市／縣＿＿＿＿鄉／鎮／市／區
　　　＿＿＿＿路／街＿＿＿段＿＿巷＿＿＿弄＿＿＿號＿＿＿樓
姓名：

編號：CA055　書名：自己的房間

# 大塊 LOCUS 文化 讀者回函卡

謝謝您購買這本書，為了加強對您的服務，請您詳細填寫本卡各欄，寄回大塊出版 (免附回郵) 即可不定期收到本公司最新的出版資訊。

姓名：　　　　　　　　　　　身分證字號：

住址：

聯絡電話：(O)　　　　　　　　　　　　(H)

出生日期：　　　年　　　月　　　日　　E-mail:

學歷：1.□高中及高中以下　2.□專科與大學　3.□研究所以上

職業：1.□學生　2.□資訊業　3.□工　4.□商　5.□服務業　6.□軍警公教
7.□自由業及專業　8.□其他

從何處得知本書：1.□逛書店　2.□報紙廣告　3.□雜誌廣告　4.□新聞報導
5.□親友介紹　6.□公車廣告　7.□廣播節目8.□書訊　9.□廣告信函
10.□其他

您購買過我們那些系列的書：
1.□Touch系列　2.□Mark系列　3.□Smile系列　4.□Catch系列
5.□tomorrow系列　6.□幾米系列　7.□from系列　8.□to系列

閱讀嗜好：
1.□財經　2.□企管　3.□心理　4.□勵志　5.□社會人文　6.□自然科學
7.□傳記　8.□音樂藝術　9.□文學　10.□保健　11.□漫畫　12.□其他

對我們的建議：

LOCUS

LOCUS

LOCUS